刻《こく》のアラベスク

eiko yamada
山田英子

編集工房ノア

「刻《こく》のアラベスク」　目次

I

II

III

IV

（表紙カバー写真）
ランスのノートルダム大聖堂、西の側廊。
ゴシック様式の複雑な交差の天井アーチが、連続模様のように続き、
吸い込まれそうなその奥に、バラ窓が見える。
身廊の背後には、シャガールのステンドグラスがある。
この聖堂で歴代フランス国王の戴冠式が行われた。
本文、『日本に捨てられた男』の藤田嗣治が、ここで洗礼を受けた。
＊
（扉写真）
季節を語る木々に囲まれて、ふたり掛けのベンチ。
時に春、足の届かない子どもの可愛い靴と絵本。
時に夏、木隠れで恋人との語らいに、やさしい音楽も流れて。
時に秋、目を閉じて瞑想の世界へ。そっと、温かいコーヒーが。
時に冬　雪の中から山茶花が顔をのぞかせて。静かに。
あなたのための予約席です。

カバー扉写真・章扉絵・著者

I

おかっぱ

いい歳をして恥ずかしいことながら、今になって気がつくことが、数々ある。

「おかっぱ」もその一つである。

ある本で、御河童の漢字を見つけた瞬間、ああ、そうかと納得した。あの妖怪の河童の髪型からきたのだと。

おかっぱ頭は、漫画『サザエさん』のワカメちゃんでお馴染みだし、岸田劉生の『麗子像』に描かれた、日本に古くからあるヘヤースタイルだ。河童は、想像の夢を駆り立て、大人も子どもも永きに亘り、追い求めている未確認動物だ。それに丁寧語の御を付けたアイディアに驚くが、いつ頃に、誰が言い始めたのだろうか。

三十五年前に、アムステルダムに住んでいたとき、現地の美容院では、思うようなカットをしてもらえなかった。赤毛で知られているオランダ人の髪は、細くて柔らかいが、太くて嵩《かさ》のある私の髪は、御《ぎょ》し難《がた》かったのだろう。多い髪を空《す》いて、風通しをよくする技術は、必要がないので、持ち合わせていなかった。

アムステルダムの繁華街のはずれに、日系ホテルのオークラがあった。そこにある「山里」という和食レストランは、記念日や特別のハレの日にだけ行く、我が家族の憧れの場所だった。味噌汁が一杯五百円だったと、鮮明に記憶しているから、おしなべて超高価だったであろう。

ホテルの地下に明治屋が入っていて、豆腐やお揚げ、シイタケなど、日本の食材が並んでいた。その当時は、一般の商店では手に入らない、貴重なものばかりだったが、当然、驚きの値段だった。

同じ階に美容室があった。ここなら、日本人のお客も多いことだし、硬い東洋人の髪の扱いに慣れているのではないかと、代価の大きいのを承知の上で、おそるおそるドアを押した。

男性が一人居るだけで、店内は閑散としていた。この人がカットするのだろうかと、急に不安になってきた。慣れぬ英語とちょいかじりのオランダ語で、希望のスタイルを説明した。にっこり笑った彼は、「おかっぱ！」と発した。わが耳を疑ったが、ヤ（イエス）と、思わず即答した。

その頃の日本では、男性の美容師をまだ見たことがなかった。ごつごつした指が、髪をすべり首筋にも触れると、思わず身震いしたくなる。それを我慢して、平気な顔をよそおい、鏡の中から観察していた。なんと不器用な鋏さばきだろう。これではおぼつかないだろうと、だんだん気落ちしてきた。シャンプーもなく、散った髪も充分に払わず、ドライヤーで、形をつけて終わった。愛想だけは飛びっきりよかったけど。この高級店でもこうなら、諦めもつこうというもの。オランダ滞在中は辛抱することにした。

一年後の帰途、シンガポールに寄った。美容院の前を通りかかると、私の好みのヘヤースタイルの美容師が、働いていた。すぐに飛び込んで、同じようにして欲しいと頼んだ。

悩みは一気に解決して、日本に降り立った時の、さわやかな気分は、今もしっかりと憶えている。

おかっぱ頭は、今ではボブカットとお洒落な名前になって、時流に流されない人気を維持している。

（二〇一四年九月）

ある日のＪＲで

午前八時半、エスカレーターで姫路駅上りホームに出た。いつもより人が多くて騒々しい。アナウンスによると、ダイヤが乱れているらしい。近年珍しいことではない。「お急ぎのところ大変ご迷惑をおかけしております。午前八時ごろ茨木駅構内付近で発生した人身事故で……」を繰り返しているが、いつ列車が来るのか、どのくらい遅れているのか、的確な指示はない。

今日は、月一回の刺繍のお稽古日で、滋賀県の石山まで行くことになっている。いつものように駅で、メンバーと待ち合わせをしている。遅刻することは、極力避けたいところだ。

やっと到着した普通列車が、加古川までは先に着くというので、長蛇の人がなだれ込んだ。

各駅を発車する度に「お急ぎのところ……」と、決まり文句の言い訳が続き、そのうちに、「何々駅を何分遅れで発車しました」と、付け加えるようになった。何分遅れていようが、乗客は、一番早く着く筈の列車に乗っているのだから、むしろ到着時間が知りたいのだ。

加古川にくると、「向かいのホームに、間もなく新快速が到着します」の車掌の案内で、大勢が降りた。判断基準は見つからないが、普通列車で西明石まで行くよりも早いかと思い、列に加わった。ところが、待つこと十二分。なんと苛立つことだ。

新快速ででも、マニュアル通りのお詫びとその理由が、何度も流され、何分遅れの知らせは、ついに、「大幅に遅れたことをお詫びします」に変わった。何分以上になれば、「大幅に」の表現になるというルールでもあるのだろうか。

それにしても、最近の言葉にはクレームをつけたくなることが多い。「次は西明石です。各駅に停まります、普通列車は……」と言われると、この列車が各駅に停まるのかと一瞬思ってしまう。丁寧語でなく、「停まる列車」で充分だ。「おタバコをお吸いになれる車両は……」も過剰な敬語だし、外来語に「お」を付けるのはご法度だ。

レストランでの「からから言葉」と、言われる「一万円からお預かりいたします」や、「こちらコーヒーになります」などは、しばしば問題にされているが、マニュアルがそうなっているのか、一向に訂正されない。預かるのは、一万円からではないだろう、俺からだろう、なんて漫才のネタにもなっている。

「言葉の非常識」は、エスカレートして、やがて、常識になってしまうのではと、危惧を覚える。一方では、言葉が氾濫していて、本来持っている価値や権威がなくなる「言葉のインフレ」も、最近は話題になっている。

「赤信号で停車しております。信号が変わり次第発車いたします」「ホームに前の列車が停車していますので……」と、のろのろ走り、二時間四十分の長い旅になった。やっと到着して、降りる背後で、「本日はお急ぎのところ列車が遅れましたこと、お詫びいたします」。まだ言うか、もう沢山だよ、JRさん。

待ちわびた友人たちが、ホームで手を振っているのが見える。

（二〇一〇年十月）

ウン十歳の手習い

行きつけ書店のカウンターに、「書き写しノート」なるものが登場したのは、一年ぐらい前になる。新聞一面のコラムを書き写すのが、最近ブームになっているそうだ。

「ああん……これだな」と横目で見ていた。

ところが、親しい友人が、もう何年も続けていて、とても字が美しくなった。彼女はかなり忙しいスケジュールで動いているのに、その時間が取れるのだから、自分にもできないことはないと、思ってみた。「いつやるの？」と自問、「今でしょ！」の流行語で自答して、この十月一日を起点とした。

ＨＢの鉛筆をけずり、消しゴムと拡大鏡を持って、食卓を机にして臨む。始めるにあたって、「毎日やる」は当然で、漢字の「はね、とめ、はらいを正確に」を義務付けた。

これがなかなか難しい。最近は、ＰＣで文を書くことが多いので、かなり漢字を忘れている、というか、略して書いている。例えば、糸偏の「糸」は、一画ごとにきちんと離す。馬偏の「馬」も四つの点を正確に書く。「今」や「会」などの冠名は、ひとやねと言うそうだが、「分」の冠は頂点がくっついていないのに気づいた。「冫」についても、「涙」や「臭」はなく、「機」「儀」には、拡大鏡でみると、ちゃんとある。

原稿用紙タイプに枡が組んであるが、書き上がった文字が、綺麗に見えない。かなり不満である。漢字は少し縦長を意識して書いてみる。仮名は、漢字より小さめにもした。HBでは滑りが悪いので、B鉛筆を買いに走った。まさに手習い初めの心境だ。

小学校の宿題に、今も、教科書の書き写しがあるのだろうか。五年生の孫娘に聞いてみたら、ほとんどないそうだ。読みの宿題は、時々あるらしい。一昔前は、子どもの元気な音読の声が、家々から聞こえたものだと、懐かしく思う。

「書き写しノート」には、日付と天気、書き始めと終わりの時刻、おまけに、起床、就寝の時間、食事のメニューの記入欄もある。日記の代わりにもなる、のねらいだろう。「記事の見出しを考えよう」のスペースもあり、読解のいい勉強をさせられている。

外出から帰ると、真っ先に、この二十分間の単調作業にとりかかる。一年生のような新鮮な気分を味わっている、ウン十歳である。

（二〇一三年十月）

いのちの終わりに

二十三年前に、この家に越してきた時から、キンモクセイ、サザンカ、イトモミジ、ツバキなどと共に、スモモの木があった。

実は、知識もないまま、好物のアンズだと思い込み、エッセイのペンネームに、「杏《あんず》好《こ》」を使ったりもしていた。スモモだと判ってから、まだ数年しか経っていない、というのも、開花期に、ほんの申し訳みたいに、一枝か二枝にポツポツ花を付けるだけで、果実はほとんど生らなかったので、識別が難しかった。

行儀の悪い枝は、天に伸び、隣の木に架かり、手入れの際にはよく頭をぶつけた。おまけに、葉はアブラムシのお気に入りらしく、しばし気を許していると、坊主になるほどに食い尽くされる。言わば厄介者の木だった。

昨年の春、今までにない量の花が咲いた。桜に似た白い花弁はとても愛らしく、誇らし気にさえ見えた。「君、やるじゃない。ついに目覚めたの……」なんて、声をかけて褒めちぎった。当然のことながら、初夏には鈴生りの実が、お目見えした。余り大きくはないが、少し赤みが混じった青い果実が、枝々についた。カラスに先を越されないうちにと、有頂天になって収穫した。大きなザル二つに余った。周囲に「初生りよ」と自慢しながら、お裾分けした。

そして今年、花が咲かないなと訝《いぶか》しく思って、よく眺めると、並んでいる対の木の幹が、空洞になっているのに気づいた。スモモは自分の花粉では実を結ばず、「受粉樹」になる相手が必要だ。相棒が力尽きていたのだ。ああ何と言うことだろう。いのちの終わりに、あの溢れんばかりの実を残して、逝ったとは。

木の一生も人と同じだ。あの歌姫美空ひばりが、呼吸困難と闘い、たった一㎝の段差も上がれない身ながら、最後のステージで、二十曲を歌いきったように、枯れゆく渾身の力で、花道をつくった木に、篤い喝采を送りたい。

連れ合いを失ったスモモは、例年以上に濃い黄色に葉を染めて、けなげなことだ。

（二〇一三年十二月）

半世紀を経て

「おかけになった電話は、電波が届かない所にあるか、または電源が入っていないためかかりません」と、携帯電話は繰り返すばかり。ちょっと遅れたかなと不安な気持ちに、より拍車をかける。山の中だから、電波事情が悪いのだと納得しながら、山頂まで急ぐ。そこでやっと通じたら、予定が早まって、相手はもう、下山のケーブルに乗っていると言う。

昨晩のことだった。鳥取県倉吉市に住む旧友が、観光バスで、姫路に来るとの電話があった。午前は、書写山圓教寺を見物とのこと。五十年振りで、見分けがつくかと不安気な声に、目印は、白髪と赤いセーターと告げた。紅葉に包まれながらの散策は、さぞロマンチックで、昔話にも花が咲くだろうと、山での設定に満足しながらも、寝付かれない夜を過ごした。

短距離コースの険しい山道を、転げるように駆け下りた。慣れた道とはいえ、急ぐ身には何と遠いのだろう。ケーブル駅にたどり着いたら、二分前に発車した後だった。コートを脱ぎ、汗をいれてベンチで待つこと十分余り。焦ってもどうにもならないので、昼食場所に追っかけることにする。落ち着いて周囲を見渡せば、全山紅に染まっている。秋たけなわではないか。天気も上々。あの人は、この風景を堪能してくれたかなと、私の山のような気分になる。

タクシーを呼んで、お城の前のレストランへ。食事を終えて二階から降りてくる彼女を待ちながら、思い出に耽る。京都でお互いの下宿を行き来したこと。学食での絶えないお喋り。印象的だった深緑の彼女のコート。電停で待ち時間に『山のロザリア』を歌いながら踊ったこと。いつも一緒だった。あの頃は楽しかったけど、切ないこともあったと、次々に蘇る。

赤いセーターも何の印もいらない。お互いが飛びついてハグした。手を取り合って数十分を過ごした。会えるまでの難航は、半世紀を経た邂逅の重みというものであろう。

若く美しい姿でと密かに企てたが、汗みどろの乱れ髪での再会とはなった。

（二〇一一年十二月）

戻ってきた匂い

心待ちにしていたキンモクセイが、咲き始めた。老木ということもあって、ここ数年は花を付けなかったが、昨年、専門家に手入れを頼んだので、今年こそはと期待していた。窓をいっぱい開けて、全神経を鼻腔に集中して、馥郁とした甘い香りを吸い込んでみる。

育った家にも、同じような大きさの木があったからだろうか、なぜか、この匂いは、決まって私を運動会に結びつける。母の作ったお弁当を家族が囲み、食後には、初物の栗や柿が豪勢に振る舞われた。懐かしい思い出は、苦手だった徒競走へと繋がり、定番の行進曲『軍艦マーチ』までが聞こえて来るようだ。

そんな矢先、神戸にいる孫の体育祭への誘いがあった。二つ返事で出かけた。

先ず中学の校門で、生徒の学年、組、生徒名を記した名札を首から掛ける。つまり身分の確かな人しか、入れないということだ。観客は、本部席のテントの周辺に居るだけで、そう大勢には見えないが、午前中のハイライトであるクラブ対抗リレーになると、俄に増える。昼食は生徒が各自お弁当持参で、親とは食べないのだそうだ。

息子即ち、この孫の父親が中学生の時の、体育祭を思い出した。あの頃はどこの学校も荒れていて、先生が手を焼いていた。不真面目な競技がいくつかあった。服装の乱れた女子数人が、スタートしても走ることをせず、コースを悠々と並んで歩いた。父兄の間で異様な空気が流れ、その列から一人の母親が飛び出し、にたにた笑いながら足を引きずって歩くわが娘を、いきなり平手で殴ったのだった。三十年も前のことだが、忘れられない光景だった。

プログラムは終盤を迎え、校舎の前に列ができ始める。呼びものの組体操の全貌が見えるように、校舎を開放するらしい。私たちも列に続き、教室脇の二階のベランダに出た。望遠レンズのカメラや、ビデオを構えた人たちで満員だ。

全校男子生徒による組体操は、見事なものだった。壇上で一人の生徒が全体を隈無く見渡し、太鼓をたたいて次の行動の合図を送る。全員が一糸乱れず、機敏に移動する。

心を一つにしないと、高い組み立ては危険だろう。上から降りる時は、グループ毎に声をかけ合って、順に確実に一人ずつ動く。孫息子は背が高いので、常に土台になる下支えの部分を受け持っている。何を思いながら演技をしているのだろう。失敗しないように、重みで崩れないようにと、気持ちを張りつめていることだろう。何度も練習したのだろうなと想像すると、涙がこぼれそうになる。止まない大拍手をもらって終了。その顔々には、一様にほっとしたあどけない表情が戻っている。

今はどこの中学も、こんなに真面目な生徒ばかりなのだろうか。いじめや、喫煙はないのだろうか。号令一発で、右を向き、左を向き、整列する。これもまたちょっと恐ろしいのではと、老婆心ながら不安も覚える。

二週間後は、小学六年の孫娘の番だ。応援団長を買って出たと聞く。楽しみに待つことにしよう。

キンモクセイの復活と共に、今年は運動会見物三昧の秋である。

（二〇〇九年九月）

文豪とターナー

「親譲りの無鉄砲で小供の時から損ばかりして居る……」で始まる、あの有名な夏目漱石の『坊っちゃん』に、ターナーが登場すると知ったのは、「ターナー展」のチラシを目にした時だ。キャッチフレーズにこうあった。

「その風景画には物語がある」と。

改めて旧い本を取り出して繰ってみた。

教頭こと赤シャツが、おれ即ち坊っちゃんを釣りに誘う。赤シャツの行く所なら、野だいこ（画学教師の野田）は必ず行くに決まっているのに、なぜ自分にも声をかけたのかと訝《いぶか》しく思いつつ、釣りが下手だから行かないのだと邪推されそうで、同行することにする。

船頭の漕ぐ船で、広々とした海に出る。

「あの松を見給え、幹が真直で、上が傘の様に開いてターナーの画にありそうだね」と赤シャツが、野だいこに言う。「全くターナーですね……ターナーそっくりですよ」「どうです教頭、是からあの島をターナー島と名づけ様じゃありませんか」「そいつは面白い、吾々は是からそう云おう」と賛成した。吾々のうちにおれも入っているなら迷惑だ。おれには青島で沢山だと、うそぶいている。という行《くだり》がある。

その絵をぜひ見たいと、神戸市立博物館に出かけた。まさにその話題の、一本松の絵が、スクリーンになって、撮影用にロビーに飾られていた。この設定は最近の流行で、かなり人気があるようだ。早速、その前で友人に、スマホで撮ってもらう。それだけでもう、高揚感が上がるので、主催側もよく考えたものだ。

英国で一七七五年、理髪店の息子として生まれたウィリアム・ターナーは、幼いころから、画才に恵まれていた。しかし生活は困窮、母は癇癪《かんしゃく》もちで、両親のいさかいは絶えなかった。そんな中で、授業料免除の美術学校で腕を磨き、貴族に好まれる売れっ子になっていく。

画趣に富んだ景観を求めて、各地へ旅に出た。描きたいのは、火や煙、水などの大自然の脅威だと気づき、アルプスの吹雪の谷や、雪崩の作品を多く発表し、風景画の可能性を追求し続けた。やがて、英国ロマン主義の巨匠に昇りつめる。後の印象派にも影響を与えることになる。

荒れ狂う波間の帆船や、朦朧とした湖に沈む太陽などと並んで、件《くだん》の『チャイルド・ハロルドの巡礼―イタリア』は、展示されていた。バイロンの物語詩の一節から、影響を受けて描いたもので、特定の場所ではないそうだ。左に高い笠松を置き、水辺で浮かれる人や、敷物の上でピクニックのように、寛ぐ人物たちを描き込んでいる。画面半分を占める空の、白や黄の果ての鮮やかな青が、印象的だ。

漱石は一九〇〇年に、英国に留学しているので、彼《か》の地で、この絵に出会ったことだろう。小説のなかに、何気なくターナーを織り込むなんて、さすがに文豪のなせる技というものだ。

青島の名で話に登場する島は、瀬戸内海の無人島で、正式名は四十島《しじゅうしま》だが、今では、別名ターナー島と呼ばれているそうだ。

（二〇一四年三月）

立ち位置

たまった写真を整理していると、集合写真の中では、決まって後ろか、端に立っている自分に気がついた。これもそう、あれもそうと、探す毎に面白くなってきた。

写真だけに限らず、人はみな、自らの立ち位置を決めているのだろうか。それぞれに理由はあると思うが、どの人も大体いつもの場所に、落ち着いているように見受けられる。

講座や講演会の会場では、演台に向かって中ほどの右端付近が、私には、落ち着ける位置だ。空席があるからと最前列を勧められても、多分辞退するだろう。映画館でも、前方は敬遠する。乗り物ではどうかと、振り返ってみれば、電車は車両の中央ドアから乗り、真ん中辺りの窓際席を目指して座るのが常だ。バスでは、急いで降りたいとき以外は、ほぼ中央の一人掛けを確保しようとする。

　エッセイストの向田邦子が、著書で、写真の端に立つ癖についてふれていた。尊敬する作家との共通点に、にんまりしたことをはっきり覚えているのだが、それがどういう訳だったのか全く思い出せない。確か、書き出しに近い右のページだったと、手持ちの六冊を丹念に繰ってみるが、どうしても見つけられない。記憶なんてあやふやなものだと、再認識したことだ。

　私は小学校の頃から背が高くて、今でこそ、卑下することは少なくなったが、当時、「大きいね」と言われることが、とても厭だった。バスに乗れば、運転手が「何年生や！」って詰問するような目で言うので、度重なると恥ずかしくて、聞かれる前に、大人料金を払って降りていた。何かの集まりの場でも、人の前に立つと邪魔になるのではと気兼ねして、こそこそと脇に回ることが多かった。

　写真を撮るときは、積極的に、いとも自然に後ろか端に寄る。それが習わしとなり、今では、心地よい安心な、立ち位置となっている。

　それにしても、向田さんの理由が、やっぱり知りたい。


（二〇一四年二月）

シンタクラース

街にクリスマスムードが広がり始めたころ、ある集まりで、「子どもは何歳ぐらいまで、サンタクロースの存在を信じているのだろう」と、誰かが言い出して、しばし話題になった。

我が家の息子たちにもそんな時代があった。

サンタは、八頭立てのトナカイで、空を飛んでくると信じていた。煙突がないのに、どこから入ってくるのと、聞かれて、換気扇の隙間からかな、なんていい加減なことで、誤魔化していたのが、今でも恥ずかしい。サンタの化身の親としては、プレゼントに何が欲しいかを知るための策を講じて、紙に書いてサンタに見えるようにと、ベランダに貼ることにした。ある年、下の息子が、当日間際になって、決めたプレゼントを変えたいと言い出した。すでに買って、隠してあるのに、こりゃ大変だ。私は、もうサンタさんは、紙を見に来たのではないかしら、なんて、狼狽して早口で納めたこともあった。

サンタから、手紙付きのプレゼントを、毎年貰った姪は、小学校高学年になるにつれて、これは両親が、夜中に枕元に置くのではないかと、疑い始めたらしい。同じような家庭環境のクラスメートとも話し合って、寝た振りをして確かめようと誓い合った。でも、つい眠ってしまって、それはかなわなかった。次に思いついて、包装紙やリボンの切れ端などが、家のくず入れに残っているのではないかと、台所の生ゴミまでも漁ったが、見つけられなかったそうだ。手紙の筆跡も、父のものでも母のものでもなく、今になってみれば、左手で書いたのだろうと思うと、既に二人の幼児を持つ彼女は、幸せそうに話してくれた。きっと、我が子にも、同じようにしていることだろう。

サンタクロースは、今のトルコに住んでいた聖人の、「セント・ニコラス」が、いろいろな善行をしたことに由来するが、時を経て、世界各国のお国事情で変化したようだ。

オランダでは、「シンタクラース」と発音し、それが後のサンタクロースになったと聞く。その命日の十二月六日に、ズワルト・ピート（英語では、ブラック・ピーター）と呼ばれる、沢山の黒人の従者を連れて、蒸気船に乗り、スペインからやって来る、というのが伝統だ。その日は国を挙げてのお祭り騒ぎとなり、滞在中の我が家族も、アムステルダムの港で、人ごみにもまれながら、善男善女に混じって見物した。

赤いマントを纏い、長い白鬚を垂らし、先が三角になった帽子を、高々とかぶった姿は、身分の高い司祭の装束だ。あの赤い服に白の縁取りの、例のサンタとはかなり異なっている。

クリスマスには、夫の仕事場である研究所に、他の家族と共に招待された。研究所長がサンタに扮し、若い研究員が二人、顔を黒く塗ってピーター役になって、プレゼントを配って歩く。毎年の行事らしい。

なぜ、従者が黒人なのか、なぜスペインから来るのか、その地の知識人に聞いておけばよかったと、今になって悔やまれる。昨今は人種差別だと抗議する団体もあるとか。

オランダの子どもは、十二月六日と二十五日の二回、プレゼントを貰う。いずれにしても、どこの国のサンタも、いい子には、おもちゃやお菓子を、悪い子には、石炭を与え、時には、袋に詰めてさらっていくなどの、怖い伝説もある。

いつまで信じるかは別として、子どもの夢を育む行事である。

（二〇一五年一月）

シャイな日本一

東京には年に二、三回は行くだろうか。約三時間四十分の新幹線の中は、至福の空間である。

それは先ず、持ち込みの弁当選びから始まる。手作りおにぎりだと最高だけど、滅多に食べることがないから、駅弁も結構魅力的だ。食後、車内販売のコーヒーのワゴンを待つのも楽しみ。本を読みながら、ウトウトと居眠りをして、リラックスできるのも、醍醐味のひとつだ。でも、最も期待していること、それは、富士山なのだ。

田舎者のお上りさんと言われるのを、甘んじて受ける覚悟で、静岡駅を出た頃から、車窓に釘付けとなる。だが、この度も空振り。曇り空で裾野さえ確認できない。帰途は夜なので、ライトアップはないから、無理だとがっかり。

米国の友人夫妻を、富士を見る旅に招待したのは、何年か前の九月だった。お天気が悪かったとはいえ、箱根や河口湖など三泊の旅の間中、うっすらとも見えず、無いに等しかった。五合目のみやげ物屋で、雄姿の絵をバックに、空しくプリクラ写真を撮って諦めたものだ。

統計によると、見える日数が比較的多いのは、十月から二月だそうだ。空気が冷たく澄んだ冬の十二月、一月は、「全体が見えた」確率が六〇％以上で、「一部が見えた」を加えると、八〇％にもなる。

一方、確率の少ないのは六月から八月。七、八月は全体が見えた日が、一日もない年もあるとか。また、平地が晴天であっても、周辺の雲や霧によって、見られない場合があるようだ。ちなみに時間では、午前八時頃がよく、午後になるに従って見えにくくなるようだ。これらの情報を事前に知っていたら、誇れる日本の絶景を披露できるチャンスを、みすみす逃すこともなかったのにと、今さらながらに悔やまれる。

新幹線が開通した当初は、車掌が、「ただ今、左手に富士山が見えています」のような、案内アナウンスがあったように記憶している。今も座席を予約するときは、駅員は先ず、山が見える側から詰めていくようだ。

万葉学者の中西進氏が、こんな日本の神話を雑誌に載せていた。

むかし神様はあちこち巡行した。ある時、富士山に一夜の宿を求めた。しかし拒まれた。そこで神様は筑波山に行った。すると喜んで泊めてくれ、歓待された。その結果、後々まで彼の山は、草一つ生えなくなり、かたや筑波山は、青々と草木の生い茂る山になったとか。待遇の仕方次第で、成功不成功が決まったという話である。現在は国際化が進み、国と国との待遇関係が、大きな課題で、外交とはこの神話の先にあるのだと、氏は結んでいる。

「西の富士、東の筑波」と称せられて、『風土記』や『万葉集』にはよく登場するが、こんな話が元なのかもしれない。

「富士には月見草がよく似合う」と、書いたのは太宰治だったな。月見草といえば、子どもの頃、線路脇にたくさん咲いていたけれど、最近は久しく見ない花だ。どうして富士山に似合うと言ったのだったっけ。もう一度『富嶽百景』を読まなくては。などと、連想をふくらませながらも、未練がましく、目は窓外から離れない。

気難し屋で、シャイな日本一との出会いは、なかなか成就しないことだ。

（二〇一二年二月）

デジャ・ヴュ

なぜか、私は繰り返し同じ夢を見ることがある。

話の道筋は折々で異なり、ほとんど覚えていることはないが、その舞台となる家は、絵に描けるぐらいに、いつも鮮明に残っている。

その家は、路地の行き止まりにあり、白ペンキの木製フェンスで囲まれた、見かけは洋風の、どこにでもあるごく平凡な構えである。ドアまでの狭い庭に、種類は特定できないが赤や黄の草花が、美しく咲いている。中に入ると、数ある小さな部屋が入り組んでいて、乱雑ではあるが、生活の気配が満ち、楽しげな雰囲気だ。台所では、主婦らしき女性が、忙しく動いていて、温かい大家族の体裁をなしている。

一番奥には、じめじめした前栽があり、枯れそうな木が数本ある。それに面して、カーテンが閉まった廊下付きの和室があるが、部屋には、家具などほとんど無くがらんどうだ。どうも開かずの部屋で、あまり家族が近づかない謎の空間のようだ。廊下の片隅から迷路のような通路があるのだが、どこに続くのか、まだそこに足を踏み入れたことがない。

自分は、その家の娘のような場合もあるが、どうも主婦や母ではないようだ。時には、第三者か傍観者の位置で、俯瞰的に見ていることもある。ちょっと謎めいた不気味さのなかで目覚めるが、妙に懐かしい後味が残るのが常である。

夢は不可解なものである。潜在意識の現れであることも多いが、これは、私の理想の家でもなく、そこここにあるような、ありふれた建物だけど、以前にどこかで見た記憶もない。

加賀藩前田家に仕えていたある武士が、朝鮮に渡った夢を見た。その光景があまりにも鮮やかだったので、絵に描いて枕屏風に貼ったそうだ。その後、秀吉に朝鮮出兵を命じられ、もしやと、その絵を剝がして持参したら、その夢の通り、川や山が寸分違わず存在していて、戦場で大いに役立ったとか。新井白石の随筆集に、不思議な夢の話として載っているそうだ。その時代から、前世の記憶だとか、超能力だ、などの説があったらしい。

これはデジャ・ヴュといわれる現象だ。仏語で、「もう見た」という意味で、既視感と訳されている。

記憶といえば、今、話題にのぼっているカズオ・イシグロを連想する。彼の小説の根底に流れる共通テーマが、「記憶」である。

彼は長崎に生まれ、五歳の時に、父の赴任に伴って、家族でイギリスに渡る。そのまま彼の地に留まり、現在、世界でも有数の人気ある作家の一人である。最近、『わたしを離さないで』が映画化されて、日本でも愛読者が増えている。

彼はテレビの対談で、小説を書くことは、記憶を永久に固定する手段だったと、言っていた。作品では、遠い記憶がしばしば重要な役割を果たす。それは、人生で一番重要で、誰にも奪うことができないものであり、生命をも繋ぐ。死に対する慰めであり、死にも勝つ力がある。特にノスタルジア（郷愁）をかきたてる記憶なら、なお理想的だと。

夢に何度も現れるあの家は、私の郷愁を誘っているだろうか。まだ記憶になり得てない、深い眠りの中に、潜在しているのだろうか。日常のウォーキングや旅の道すがら、戦国の武士のような、驚きに出合えることを期待して、密かに楽しんでいる。

（二〇一一年九月）

バス通に一家言あり

一年に、数回海外旅行をする。星の少ない安価なホテルから高級四つ星まで、さまざまな宿を経験したが、それに応じて、バスも独自の顔を持っている。毎晩使う習慣なので、旅の良し悪しを決める大きな鍵になる。

西洋式バスを初めて使ったのは、四十年前のアメリカ西海岸のホテルだった。湯船に湯を張るだけのことが難しく、シャワーがいきなり出て、濡れ鼠になったり、カーテンをバスタブの外に出したまま、シャワーの湯を出して、床をべとべとにしたこともあった。使い方は慣れで上手くなったが、私にとっての理想的なバスには、未だ出合っていない。

シャワーが造り付けで固定されているものが、以前は多かった。最近は、ハンディータイプが増えて、シャンプー時、とても助かる。取り付け口が異様に高いのも困る。湯と水が別栓になっているものが、ヨーロッパにはあるが、丁度の湯加減にするのに手間取る。フランスでは、Cが水かと思いきや、Fが水だった。湯船が深いと湯を満たすのに時間がかかり、寸法が長いと身体が浮いてしまい溺れそうなる。近頃は、カーテンは少なくなり、プラスチックのスクリーンに代わりつつある。

バスタブは大きからず、深からず、ハンディーシャワーで、湯の温度が簡単に調節でき、湯水の出具合もよい、こんな条件を満たすバスはないものだろうか。

二週間ほどの旅が多いので、洗濯は必須だ。試行錯誤して確立した、私の洗濯レシピを紹介しよう。洗顔、シャンプーなどを済ませた後、泡の中に洗濯物を浸して、固形石鹸で手洗い。軽く絞り、ぽんぽんと威勢よく、洗面シンクに湯船から投げ入れる。入浴を終えたら、洗面シンクで、しっかりすすいで絞る。そこからが奥の手。使ったバスタオルで、巻きずしのように衣類を包み、その上から捻りながら何度も絞る。「タオル・ド・ドライ」なんて、フランス語もどきに洒落てみて、その脱水法を、とても気にいっている。そこまでして干すと、バスルームで朝までに乾く。

昨年行った上海では、何と、バスタブが、寝室に続く大きな部屋の真ん中にあった。バスピローやテレビも備え付け、側らのミニテーブルにはお酒とグラス。香りの花びらの袋も。シャワールームは別にあり、豪華そのもの。とても洗濯などする雰囲気ではなかった。

失敗もあった。

アムステルダムでのこと。タオル類を何日たっても、取り替えてくれない。脱水に使うのでかなりびしょ濡れだ。なぜだろうと不思議がっているうちは、まだよかったが、だんだん腹が立ってきた。洗面台に、二つ折りにした紙があるが、どうせ何か宣伝だろうと、読まずに無視していたことに気づいた。ああ、そこに、しっかり書いてあった。「エコのために、続いてタオルを使用してもらえるなら、掛けて置くこと。替えて欲しいものは床に置くように」と。私の負けだ。しかし何日も濡れたまま掛けてあれば、メイドさんが、気を利かせてくれてもよいではないかと、改めて憤慨したものだ。もう十五年も前のことだが、今では常識になっている。オランダは、エコには敏感な国なので、このルールの嚆矢だったのかも知れない。

旅が終わりに近づくと、ありたけの着替えと残りの日数を合わせてみて、洗濯の労から逃れる。のんびり入浴できるが、肩まで浸かれる我が家の風呂が恋しいと、帰国の日を待ちわびる。

（二〇一三年十月）

感激指数

いつの頃からこうなったのかと、思い起こしてみても、詮無いことではあるが、近頃は感激度が低下しているのを感じる。悲しいドラマなどに出合うと、相変わらず涙は頬を伝うが、若い頃の気持ちとは、ちょっと違うように思える。

美術館で展覧会を観ると、自分も絵を描きたくなって、一刻も早くと気が焦り、スケッチブックを開いた。コンサートに行くと、そのメロディーを全身に漲らせ、酔いながら軽い足取りで、街を闊歩した。バレーなどを見た帰りは、まるで、白鳥の化身になったかのように、トーシューズを履いた気分で、飛んでるみたいだった。映画では、映像を思い浮かべながら、プロットを復習するのが楽しみだった。誰かに話さずにおられないような余韻が、数日間続いたものだった。

だけど最近、そういうことがなくなっている。感動的な映画が少ないのかと自問してみるが、そうではないと、即、否定できる。若い頃と比べれば、コンサートにも展覧会にも数多く行っているので、慣れで心が動かないとしたら、なんとも寂しいことではないか。決して、年老いて感性が鈍ったとは思いたくない。

そんななか、先日、シネマクラブで、『はじまりのみち』を観た。木下恵介監督の私生活のエピソードを、映画化したものである。

昭和十九年に撮った『陸軍』が、戦意高揚の役目を果たしていないと、政府当局から非難され、次作が、製作中止に追いやられた。監督業を辞め市井の人に戻り、脳溢血で倒れ、床に伏す母の元に落ち着く。戦局が厳しくなり、母を疎開させるため、寝たままリヤカーに乗せ、荷物用のもう一台を便利屋に引かせて、兄と交代しながら、昼夜を徹して山越えをする。時には激しい雨の中を、時には宿探しに苦労して、無事疎開地まで辿り着く。

当時なら、そういうことは珍しいことではなく、ほんの小さな出来事だったであろうが、主役の加瀬亮の飾らない素朴な演技と、母親役の田中裕子の、息子の本当の気持ちを見つめる優しい目に魅せられた。静かでありながら、移りゆく木下自身の心の変化に、軽口をたたく便利屋との会話が、彩りを添える。緩やかなテンポで進むのも、私に合っていた。かすかに覗く親子の絆がなんとも良い。しばし忘れかけていた往年の感情が、少し蘇った。誰かと感想を話したいと思ったのは久しぶりだった。

私の感激指数、ただ今、やや上昇気味。

（二〇一四年二月）

菊のかおり

母の祥月《しょうつき》命日の十月に、二十五年の法要を行った。

臨終に至る数カ月間のことは、今でも、昨日のことのように覚えている。年月を経るにつれて、まるで、何かの物語を思い出すような感覚で、心に蘇ってくる。

秋たけなわ、むせるような菊のかおりに包まれて、母は逝った。以来、このかおりを嗅ぐ度に、この花を目にするごとに、その日の光景を思い出し、反射的に涙をさそった。菊は悲しい。菊は嫌い。そんな日が永く続いた。

菊は、皇室の紋章であり、高貴、長寿の象徴で、放射状に広がる花弁から、百花の最高位に押されるようだ。昔から蒔絵などの図柄にも、よく使われている。パスポートの表紙にも、しっかりとその絵柄があるので、日本の国花のようでもある。

しかし、そのイメージが、葬儀と結びついてしまうのはなぜなのだろう。ヨーロッパ、特にフランスでは、墓参に持っていくそうだが、ルーツが外国とはとても思えない。死臭を消すほど芳香が強いこと。量産されているから、安価で、急場でも用意できること。悲しみを表す白の種類が、多いことなど、実質的な利点があるからだろう。でも最近は、ランやユリなどの豪華な花が、使われていることが多い。

さすがに二十五年も過ぎると、そのかおりは、懐かしい気持ちを運んできてくれる。菊は厭な花ではなくなった。

もうすぐ母の年齢《とし》に近づくが、私に引き比べ、外国旅行にも一度も出たことはない。クラシックや歌が大好きだったけど、コンサートらしきものにも行っていた記憶があまりない。でも、いま私が音楽好きなのも、誰よりも昔の歌をよく知っているのも、母が台所で、口ずさんでいたのを聞いていたからだ。

「妻なにか不機嫌鶏頭《けいとう》ただ紅き」―これは、父の句集にある一つだ。いろんなことを我慢し、あきらめて、永い結婚生活のなかで、こんな日もあったのだろう。ささやかな母の人生を、今さらに思う。

その人を覚えている誰かが、生きているうちは、その人は生きている。覚えている最後のひとりが死んだとき、その人は、決定的な死を死ぬと、なにかの本で読んだことがある。
人の一生は、思いのほか永いのかもしれない。

（二〇一三年十一月）

マイブーム遺産

コーヒーが好き、陶磁器が好き、お客を迎えるのがまた好き。ミルで豆を挽き始めると、馥郁たる香りに酔いつつ、今日のお客様には、どのコーヒーカップを使おうかと食器棚を開く、その時がとても好きだ。

あり余るほどあるわけではないけれど、いつのまにか増えたカップ類。その中から、初来客には、ミントンと決めている。このカップには我が家の歴史が刻まれている。

宇治市に住んでいた三十五年も前、学生時代の友人が子ども連れで、東京からやって来た。お土産にと頂いたのが、ミントンハドンホールの、モーニングカップとソーサーだった。外資系の会社に勤めていた彼女が、都会的なセンスで選んだとあって、見たこともない美しい、ボーン・チャイナだった。

白地に、デザイン化されたパンジーやカーネーションなどの花々が、カップの中にまで咲き乱れ、明るい緑色の細い線の縁取りがある。何色も使われていて、豪華であるが、上品にまとめられている。即座に虜になった私は、テーブルにおいて終日眺めたものだ。

ミントン社は十八世紀末、イギリスで創設され、装飾性に富んだ作品を、当初から作っていた。ヴィクトリア女王に、「世界で最も美しいボーン・チャイナ」と賞賛され、王室御用達となり、二十世紀には、英国中部のミドランド地方にある、ハドンホール城の壁画やタペストリーから、デザインしたシリーズを生産し、「ハドンホール」と名づけた。現在、全世界の英国大使館で、使われているという。

やがて、もう一つ同じカップがあればいいなと、欲が出てきた。二つあればお客にも出せるし、家族で楽しむこともできる。でも当時の日本では、たやすく買えるものではなかった。

オランダ滞在中、パリに旅をして、古い町並みを散策していたら、小さな店のウインドーに、まるで骨董品のように、一組だけ飾ってあった。まさに探しているものだと、天にも昇る気持ちで、大事に持ち帰った。

また、ロンドンに家族で行った時、デパートの食器売り場で、ワゴンに乗ったセール商品のケーキ皿を見つけた。さすが本場イギリスでは、ミントンもバーゲンするのだと嬉しい驚きだった。

その後は、旧友たちが転居の餞別に紅茶ポットを、親戚が内祝いに大皿を、頂きものだけどこの家に合うと、友人がお盆を、まるで磁石で引くように、ミントンが集中した。今では、五客の紅茶セット、ミルク入れ、シュガーポット、そして、ランチョンマットまで揃っている。

ミントンが火をつけて、根っからの食器好きに、拍車を掛け、他のメーカーのものも買うようになった。

しかし形あるものは壊れるもの。少しずつ数を失いながらも、マイブームの残したものを、丁寧にいとおしみながら使っている。

（二〇一一年十月）

右？ 左？

人混みの流れに任せて、エスカレーターまで来ると、右なの、左なのと、戸惑いながら、片側に寄って乗る。初めての地で、ステップに足を出す瞬間に、目ざとく対応するのも、結構骨の折れることだ。前の人と同じ方向に立つぐらいの謙虚さは、持ち合わせているが。

以前に住んでいたこともあって、京都に足繁く出向くが、ある時、姫路とは立ち位置が反対なのに気づいた。大発見したような気分になり、では東京はどうか、息子の住む横浜はと、注意して見てみると、おおむね、関東と関西で反対のようだ。

関東では、左側に立ち、歩く人のために右を空ける。関西は、だいたい右に立つ。ところが、京都は、関西でありながら東京風なのだ。

知識人のもっともらしい説では、東京は、江戸時代から武家の町で、左に刀を持つので邪魔にならないように左に寄る。一方大阪は、商人の町で、お金の入ったカバンを右手に持つので、右寄りに立つとか。かなりのこじつけで失笑を誘うが、この説ならば、京都はなぜ左なのか。これは、観光客が多いから東京並みだと言う。益々眉唾ものだ。

そもそもこの片側空けのルールは、大阪万博の混雑対策で、欧米に習って採用したことが始まりらしいが、エスカレーター上を、早足で駆けて、いったいどれほど時間が短縮されるのだろう。ロンドンの、めっぽう深い地下鉄ならいざ知らず、東京で一番長い都営地下鉄でテストをしたら、せいぜい一分強の短縮だったそうだ。

片側空けのせいばかりではないが、最近、転倒事故が多い。

「エスカレーターでは歩かないこと」と、書かれたステッカーが、昨年七月から、JR東日本の駅々に貼られているそうだ。全国的に新しいルールとなれば、足の不自由な人も、動作の鈍い人も、安心して利用できる。それにしても、屈強な若者や脚の長いOLが、エスカレーター前で、長蛇の列に並んで待つ光景を、何度も目にする。横に、混んでない広い階段があるのに、全く信じられない。階段を登るのは、年配の人が多いのも珍現象である。

転倒事故といえば、昨年九月、新大阪駅でのことだ。

二つのスーツケースを持って、エスカレーターから降りようとした高齢の男性が、バランスを崩して倒れた。ステップが容赦なく次々と迫ってくるが、重いスーツケースさえも、お連れの女性には起こせない。静止ボタンはどこかと探すが、見当たらない。スーツ姿の男性が二人と、別の方向からもう一人、「大丈夫ですか」と飛んできた。「手をつくと巻き込まれるから危険だよ」と言いながら、抱き起こし、スーツケースも立ててくれた。他にエスカレーター利用の人がなかったので、巻き添えにせず、本人に怪我もなかったことは幸運だったが、こんな時、後続の人が降りて来ていたらどうなるのだろう。倒れた人とスーツケースを、飛び越えることは、不可能だ。次々と覆いかぶさるように転倒者が増えるだろう、想像するだに恐ろしい。

事が収まって、上りエスカレーターでにこにこ笑いながら戻っていく助っ人の一人が、吉本漫才師の大木こだまさんだと気がついた。

「わざわざ来てくれんでもよかったんや」の、彼の持ちギャグが突然浮かび、「わざわざ来てくれて、ありがとう、ありがとう」と、何度も頭を下げた。

次からは、スーツケースを運ぶ時は、エレベーターにしようと、反省しきりの、夫と私でした。右か左かの問題以前のことでした。

（二〇一四年一月）

花眼の功罪

私が老眼を意識しはじめたのは、四十代半ばだった。この歳で、もう老人の仲間入りかとひどく落胆した。若い頃から近視はなく、メガネと無縁だった幸せが、はるか昔のことのような錯覚を覚え、納得するのに時間がかかった。でもメガネ美人という言葉もあるではないかと、慰めを見い出して、メガネ屋に出かけた。

数年前、歌人・道浦母都子の新聞記事で、「花眼《かがん》」という言葉を知った。中国語で「花」は、「ぼんやりしてはっきりしない」との意味があり、老いて、物がぼんやりとかすんで見え、花を陶然と眺める時の人の眼を、例える言葉だそうだ。平たく言えば、老眼のことをそう呼ぶ。その字体も響きも一段と奥ゆかしく、年老いて何もかもが美しく見えるなんて、これは理想的ではないかと思えた。

何代もメガネを取り替えて、今は、遠近両用よりも、読書やPC打ちに便利な中近両用を愛用している。階段を踏み外すこともなく、買い物の値札を見誤ることもなく、とても快適だ。美人に見えているかは、別問題として。

朝目覚めてから、夜までずっと付けっ放しで、外すことはない。洗顔、入浴以外は。ところが、ところがである。洗面所や風呂は、綺麗で清潔だと認識していたが、ある日メガネで、その汚さを発見して愕然とした。また、お化粧を済ませて、うん、いいじゃない？　と、満足するも束の間、メガネをかけ、小じわまでクリアに見える自分を、鏡に発見してはがっかり。こんな顔では外は歩けないと、落ち込む。ぼんやりが花と、うそぶいているのにも、限界はありそうだ。

十年前、渡航中に、四十年目の結婚記念日を迎えた。そういうことにはとんと疎い夫が、ネットで調べて、四十年はルビー婚だと宣《のたも》うた。旅行中に指輪を買おうと、旅の開放感も手伝って、いやに積極的だ。これに乗らない妻は、おそらく世界中探しても、いないだろう。

フロリダ州での町歩きのついでに、宝石店に入った。夫の気が変わらないうちにと、早々にルビーを物色した。夫の懐具合は先刻承知だ。それに、豪華な物は不相応だし、私の好みにも合わない。そこそこのものを選んで、サイズを直してもらうことになった。旅の間中、くすり指にはめた指輪を眺めて、豊かな気分に浸っていた。

ある日、ケースにしまった指輪を、見間違えたかと思った。あれ、こんなに小さな石だった？　いつの間に小型化したの？　メガネをかけてよく眺めた。やっぱりあの時の指輪に間違いない。まるでこれはマジックだ。老眼鏡はものを大きく見せる。花眼はくせもの。ゆめゆめ宝石選びには、老眼鏡を使うべからずと、肝に命じた。

そして、十年後のこの五月、晴れて金婚式を迎えた。五十年は何と言ってもダイヤモンドでしょう。今度はメガネ無しで、大きいのを選ぶぞと、手薬煉《てぐすね》引いて待っていたが、相手は一向に知らん振り。レストランディナーのみで、誤魔化されてしまった。

花眼麗し、されど、あなどり難し。


（二〇一四年五月）

戸をたたく音

クラシック音楽を聴かない人でも、この曲は知っていると、太鼓判を押せる交響曲は、ベートーベンの『運命』ではないだろうか。

二人の息子が、まだ小学生だったころ、子どもにいい音楽を聴かせて、あわよくば、将来、作曲家か楽器演奏家に、なんて夢見たものだ。そのあしがかりに、トスカニーニ指揮の『運命』の秘蔵レコードを、自由に触らせた。彼らは、すぐにそれが好きになり、プレイヤーの針を落とすのも、間もなく上手になった。

メロディーを覚えたころ、肩たたきという親孝行の真似事で、指揮者のつもりになっていたようだ。

つまり、「タタタターン」と、私の肩をたたく。強弱を曲に合わせて、上手いものだ。

熱が入って、だんだん拳が強くなる。当時、肩凝り症だった私は、少々の強さも心地よく、「運命は戸をたたく」ではなく、「運命は肩をたたく」なんて、駄洒落を楽しんだ。

名曲に陶然とする三十分は、母子共に至福の時間で、肩たたきの腕も上達していった。

先日テレビの音楽番組で、『運命』の出だしの表現が、どのように聞こえるかと、他国出身のオーケストラメンバーに、インタビューしていた。

アメリカやアイルランドでは、「ダダダダーン」だそうだ。イスラエルは、「タラララーン」とか「ババババーン」と。台湾では、子どもは「ジャジャジャジャーン」だけど、大人になると「ダダダダーン」になるようだ。

人間の耳の感覚は、国民性と関係あるのだろうか。

犬の鳴き声も、日本ではもちろん、「ワンワン」だが、英語では「バオバオ」と書く。私の英語の先生は、デンマーク人だが、「ボウボウ」だと言う。

運命という題名は、どうやらベートーベン自身がつけたのではないらしい。本家本元のドイツでは、ただ「第五交響曲」だけで、通常副題はつかない。

日本では、一九二六年に、九州での演奏会で「第五番運命」と紹介された記録が残っている。これも国によって、「宿命」とか「宿命的」とか、「命運」などと、異なるようだ。

二人の息子は、長じて指揮者にも作曲家にもならず、肩たたきの腕も生かさなかった。

（二〇一三年七月）

告る

これは、ずばり「こくる」と読む。

今年も、文化庁が実施した、「国語に関する世論調査」の結果が、新聞紙上に発表された。

擬音や名詞に「る」とか「する」を付けて、動詞として使われている言葉が増えているようだ。

「チンする」は、電子レンジで食品を温めることだが、いつの頃からか毎日のように言っているが、違和感がない。さすが九割の人に浸透しているそうだ。「お茶する」も、七割の人が使ったことがあると、回答しているので、熟年世代でも若者言葉と思いつつ、流行に乗っている人が多いのかもしれない。

しかし、「告る」は、この度の調査で初めて聞いた。世事に疎い連れ合いに質問してみた。「うーん、医者が余命を告示することかな」。なるほど、重い病のベッドで、白衣の医者が、残された時間を厳かに告げる。「だって、告別の告だろう」と、どこまでも悲劇に結びつけたがる。違いますよ。これは、好きな相手に愛を告白することで、前向きな言葉なのです。

聞いたことがなかったが、先日、高校生の恋愛がテーマのテレビドラマを、片手間に見ていたら、何と「告る」を連発しているではないか。二十代以下の約八〇％が、実際に使っているとか。

「事故る」「愚痴る」「サボる」「パニくる」「ディスる」「タクる」などは、前述の三つと共に、五社の国語辞典に、堂々と載っているそうだ。こうなれば、もはや日常語と言わざるを得ない。

文化庁は、「短い言葉で効率的に相手に意味を伝えられ、日本語の特徴的な造語の一つ」と分析している。それにしても、サボタージュはフランス語、パニックは英語だが、簡単に短縮形にして、日本語化してしまうのは、節操がなく浅はかに思える。

「ディスる」は、インターネット上で広がっているそうで、「ＤＩＳ」は否定を意味する英語の接頭語からきていて、人をけなすときに用いるようだが、一体どういうふうに使うのか、私には解らない。

「タク」はタクシーのことだから、「タクる」は、道端で手を挙げて、流しの車を止めることを言うのだろうか。

ああ、面白い！　なんて軽い気分で受け止めていていいのだろうか。

最近の言葉の乱れは、目に余る。例えば、丁寧に言いたいばかりに、尊敬語の本来の意味を損ねていることが多い。

自分の子どもはおろか、飼い犬にまで「……してあげる」と他人に向かって言う。料理番組では、食材に対して、敬語風に「……を切ってあげてください」と、表現する講師がいる。一挙に興ざめて、テレビのスイッチを切ってしまいたくなる。

慣用句ででも、「気が置けない」は、「気遣いや遠慮をしなくてもよい」が正しいが、近年正反対の「気を許せない。油断できない」の意味に用いられていて、それも認めるそうだ。

また、「確信犯」は、本来は「政治的確信に基づく犯罪」だが、「悪いことと知りつつ敢えて行う行為」も、可とするらしい。

国語力低下の危機感を、声高に叫ぶなら、どうして正当な使い方をするべきだと、文化庁がきっぱり言い切らないのだろうか。

毎年、ストレスの溜まる国語調査ではある。

（二〇一四年十一月）

今や世界語

店先に、タケノコやフキが出るようになると、春の息吹を感じ、気分が華やいでくる。そんな日は、五目ちらしにしようと、すぐにメニューが決まる。食材を買い集めながら、鼻歌も出ようというものだ。

かつて、寿司は、特別の日にしか、食卓にのぼらなかったと、子ども心に覚えている。雛祭りにはちらし、秋祭りにツナシの押し寿司、巻き寿司は、運動会や遠足にと、いう風であった。言わば、ハレの日の食べ物だった。今では、ケの日はおろか、スーパーマーケットやコンビニには、あらゆる種類が並んでいて、その気になればいつでも、口にすることができる。

近頃は、アメリカのスーパーでも、透明なプラスチック容器が綺麗に並べられて、手頃な値段で売られている。寿司飯の味もネタも、日本顔負けの感がある。

三十年くらい前に、ボストンの友人が連れて行ってくれた寿司屋では、マグロが主なネタで、中国人が握っていた。似てはいるが、まだまだ日本のものとは異なるとの印象が強かった。ところが、年を経て急速に発展した。

アメリカの肥満率は、日本の十倍の三〇%以上で、予備軍を合わせると、何と国民の七〇%に及ぶと言われる。低脂肪で健康食である寿司のブームは、起こるべくして起こった。おまけに、スシバーに行くことは、ちょっとお洒落でハイクラスというイメージも手伝い、人口に膾炙《かいしゃ》した。

そもそもは、明治時代の移民に伴い、寿司文化も渡米したと思われる。でも生の魚や海藻を食べる習慣がないので、なかなか発展しなかった。特に黒いノリは、人気がなく、ごはんの中に隠す裏巻きにし、アボガドを挟んだカロフォルニアロールが、考え出された。

最近、当地で、「スシコンボ」を注文したら、刺身とニギリが、ぎっしり並んだ直径四〇cmもある大皿が来た。「これが一人前」って、思わず尋ねてしまった。ワサビとガリは小山のように盛られ、外国人の嫌うタコも、居場所を与えられている。周囲を見渡せば、小皿になみなみと醤油を注ぎ、ぼってりとワサビを溶かして、丹念に裏表につけて口に運んでいる。このボリュームでは、健康食の値打ちがないと、つくづく思ってしまった。

今や世界語となったＳＵＳＨＩは、ヨーロッパからロシアにまで広がり、伝統を崩した海外生まれの、芸術品まがいが横行しているらしい。パリ、ロンドン、ドバイでは回転寿司が繁盛しているとか。

私が作るのは、たっぷりの季節の野菜に加えて、瀬戸内のアナゴの入ったものだ。仕上げに白ゴマを振るのが、私流。それは母からの秘伝だ。その手つきを思い出しながらの寿司作りは、至福の時間を与えてくれる。錦糸卵はたっぷり十個も焼くが、これが苦手。いつも、初めの何枚かはうまくいかず、やっと上手になった頃に終わる。

卵で覆って絹サヤでトッピング。赤い塗りの大鉢にふんわりと盛って、桜色のショウガ漬けを添えると、身も心も春色に染まる。

（二〇一二年四月）

私を見つけて！

二月初旬、風の強い寒い日、いつものように自転車で出かけた。姫路文学館の講座聴講が、午前中に終わり、友人たちと、近くのカフェレストランで食事をした。お喋りを楽しみながら、何気なく髪に触れた手が、右耳のイヤリングが無いのに気づく。慌てて、反対を確かめる。ちゃんと付いている。仲間たちの会話を妨げないように気遣いながら、膝の上やジャケットのポケットなど、密かに探ってみるが、やはりない。

ブローチやネックレスなどの装飾品のうち、私は、結構イヤリングが好きだ。かなりの数を持っている。小さなアクセサリーだけど、形や色を洋服に合わせて選ぶのは、楽しみのひとつだ。今日は、茶系で分厚く重みがあり、琥珀に似た不透明な丸い本体を、金メッキの細工で囲んだ、少し大ぶりのものにした。数年前に、ある作家の展示会で求めたものだが、無くしたとしたら、少々惜しいと思える代物だ。

最近話題になっているツタンカーメンの、墳墓の副葬品に、ピアスが含まれていたそうだから、耳飾りの起源は、はるか縄文時代に遡ることになる。当時、装飾品は呪術目的で付けたので、耳の穴から悪霊が入って来ないようにとの、マジナイだったのだろう。一方、イヤリングは、バネやネジが発明されてからのもので、十七世紀になってからだそうだ。

ピアスなら落ちる心配はない。でも耳たぶに穴を開ける勇気がないばかりに、こんな苦い経験を繰り返している。寡《やもめ》になったものが、小箱一杯になる程たまっている。このお気に入りも、その箱行きかと思うと無念である。

それにしても、朝から何人もの知り合いに会ったのに、片方にしかイヤリングが無いのに、誰ひとりとして、気がついてくれない。誰もが関心を持って、他人の装飾品を見ている訳ではないのだと、寂しい思いにもなる。

一瞬無口になった私に気づいた友人たちは、有難いことに、探すのに付き合ってくれると言う。心強い協力者と共に、隈なく地面を睨みながら、文学館に戻り、講座の座席もチェックしたが見つからなかった。警備員さんにも、落し物の届けがあるかと尋ねてもみた。

気持ちを切り変えて、午後の予定の手編み教室へ行った。

帰りに、今朝の道順を辿ってみた。大通りまで来ると、ラッシュの車を何台も見送り躱《かわ》しながら、右側から左へと、敏速に方向を変えたことを思い出した。

その時、「私を見つけて！」と声がした。反射的に道路脇に目をやると、懐かしいイヤリングが、悠然と輝いているではないか。自転車を止めて、駆け寄り拾いあげると、何と傷ひとつない。朝の九時から六時間も、車や人の往来の激しいこの道で、誰にも踏まれず、主を待っていたとは……。

風にさらされて冷えきった伴侶を、手の中に包んだ。「奇跡だ、奇跡だ」と誰彼なしに吹聴したかった。そんな気持ちを、イヤリングと一緒に、そっとポケットにしまって、勢いよくペダルを踏んだ。北風は頰にやさしかった。

（二〇一〇年四月）

春への招待状

朝、玄関の戸を開けると、ああ、この匂い！　今年もついに来たと、安堵にも似た嬉しさを覚える。決していい匂いではない。どちらかというと、臭くて草いきれのような、好もしくない香りだ。三月下旬、桜の開花にはまだ少し日があると思える頃の、草木が萌え始めたという徴《しるし》なのだ。その匂いは三日ほど続く年もあるが、今年はほんの一日だけだった。

私はこれを密かに、「春への招待状」と呼んでいる。これは、望む人にのみ、いや、感じる人にのみ、贈られるものだ。現に家人などは、「ほら、匂うでしょ」と言っても、「別に……」というわけで、招待状は届かない。

テレビを消して、新聞から目を上げて、花粉を避けての窓越しではあるが、しばし庭眺めを楽しんでみよう。

今盛りと咲いているのが、華やかな椿だ。十数年前、奈良の街道歩きの途中、白毫《びゃくごう》寺《じ》の境内に足を踏み入れると、椿の大木があった。「奈良三銘椿」の一つで、「五色椿」だと表示されていた。よくよく眺めると、我が家にあるのと同じだと気づく。木の太さは比ぶべくもないが、花は全くそのものだった。その色はというと、赤と白を基調にして、花弁の一枚だけが赤だとか、白で花びらを縁取りしたものとか、紅白の鹿《か》の子《こ》模様など、十何種類もの組み合わせがある。この家に越してきた時からあったので、家族の意志で植えたものではないが、今ではその美しさに毎年感動している。番《つがい》のメジロが、よい距離を保ちながら、めしべをつついている。

ずっと杏《あんず》だと思い込んでいて、『杏好《あんずっこ》』のペンネームを使っていたこともあったが、実は李《すもも》だったと、笑えない話題を残したその木も、ほんの一日で真っ白の花に覆われた。土に近い幹に、三輪だけ、葉と共にくっついているのが、私も見て！　と、言っているようで、可愛らしい。

四月生まれの、孫娘の誕生記念に植えた桃は、紅色と淡いピンクが一株に同居していて、これがまた満開だ。側らのもう一人春生まれの孫の木瓜《ぼけ》は、つぼみを膨らませている。

春の到来の喜びも半ばだと、花粉症を病む私だが、部屋からでは、なんとも歯がゆくてついに庭に出た。いつの間にか、上手に啼けるようになった鶯の声が、けたたましく裏山から聞こえる。

常磐満作《ときわまんさく》が、小さな赤い粒のようなつぼみをいっぱい付けている。「まず咲く」が訛ってこの名前がついたとも言われるので、春告げのさきがけになるのだろう。

隣に位置する海猫桜《うみねこざくら》も、満を持して出番を待っている。まだ若木だが、今年はたくさんの花を咲かせそうだ。この木の下でお酒が飲みたいと、毎年言いながら実行してないが、今年こそ、花より団子の家人を喜ばせたい。

足元に広がる蔓桔梗《つるききょう》は、二、三輪すでに開いている。紫陽花は、濃い緑の新芽がかなり出てきた。枯れ草に隠れるように、牡丹の若芽も顔を覗かせている。

世界のそこここで、極悪なテロが起こり、日本列島は各地で地震が絶えず、地球危機が深刻ではあるが、自然は泰然として揺るがず、きちんと季節を捕まえている。

今年も順調に春が来たことを、喜ぼう。

(二〇一五年四月)

托せる

「今までにない大きな地震が東北に来たそうよ」と、三月十一日の夕方、偶然、路上で会った友人から聞き、急いで買い物を済ませ、落ち着かない気分で、帰路のバスに乗った。

テレビから流れる映像に、茫然となり、わが眼を疑った。船が道路を駆け上っている。車が前のめりのまま流されて行く。家は破壊されたまま、浮遊物と一体になって海に持って行かれる。何ということだ。これは映画ではない。現実なのだ。

津波が引いた後には、信じられない光景があった。建物は皆無に等しく、瓦礫の山が広がり、あちこちで船が残骸に乗り上げている。人はどこなの？　家の中には沢山の人たちが生活していた筈だ。どこへいってしまったの？　食い入るように画面に見入るが、何の手がかりもつかめない。行方不明者は、二万人に及ぶとニュースは繰り返す。

刻々と入る情報は、福島の原子力発電所の損傷を、多く伝えるようになるが、はっきりした説明がないので、一層不安を掻き立てる。

そんな中、子どもたちの心温まる記事を目にした。ある被災地の小学校で、上級生が一年生の手を繋いで、津波から逃れて全員助かった。日頃の訓練で教えられたことを、きちんと守ったそうだ。

また、「肩もみします」と、小学生がグループになって、避難所のお年寄りを癒し、暗い沈みがちなムードを明るくしている。ある中学生は、「僕たちが絶対復興してみます」と、打ちひしがれた大人たちを、励ましているとも聞く。

卒業式の答辞で、「苦境にあっても天を恨まず、運命に耐えて助け合って生きることが、これからの自分たちの使命だ」と、涙ながらに言った十六歳の勇気。

東京では、コンビニでお菓子を持ってレジに並んだ少年が、災害募金箱を見つけ、しばらく考えた後、お菓子を棚に戻し、箱にお金を入れて出て行ったとか。

実は、私は最近の若者に失望していた。

ついこの間、京都から乗った新快速電車でのこと。昼間だったがほぼ満席で、通路に立つ人はほとんどなかった。一つだけ空席があるのを見つけ、足早に向かった。その時、別のドアから乗ってきた二十歳ぐらいの青年が、疾風のごとく走ってきて、私の目前でその座席を取った。あきれてポカンとしてしまった。私に気づいてない筈はない。その男は一瞥もせず、ずっと目を伏せていた。この日だけではない。この類のことは、何度も見聞きしている。

こんな後継者に、日本の将来を託すことはできない。我が国の未来は危ない。真剣にそう思っていた。しかしこの度の東日本大震災で、「いやいや捨てたものではない。これは夢が持てるぞ」と思い直している。

「心は誰にも見えないけれど、心遣いは誰にでも見える」の、ACジャパンの公共広告が始終テレビで流れる。最近はちょっと耳についてきたが、誰もが忘れたり無くしたりしていた、人間としての大切なことを、呼び戻すかも知れない。

（二〇一一年三月）

II

淑気《しゅくき》

つい今し方、家族で賑やかな元旦のお祝いが終わり、ほろ酔いの父は、お年始廻りに、トンビを羽織って出かけた。母は小声で、「ちょっとだけね」と言うと、仮眠のために部屋に籠った。

大晦日の昨日、母は忙しげにミシンを踏んでいた。黒豆を煮る匂いが家中に広がり、時折手を休めては、台所に走る。姉妹弟と三人分の布片が、畳の上に散らばっていて、まだどれ一つも、洋服の形にはなっていなかった。これがつい何時間か前の光景だった。ところが、元旦の朝、目覚めると、アイロンをかけた新品の服が、きちんと畳まれて、それぞれの枕元に置かれていた。多分、朝までかかって、お節《せち》を煮ながら仕上げたのだろう。母をゆっくりと寝かせてあげないといけない、子どもながらにそう思った。

火鉢の炭火がヤカンをかすかに鳴らしている。仄《ほの》かな湯気が部屋を潤している。お重と、数々の大皿に盛ったお節に覆いがされて、お膳机の側らに寄せられ、私はひとり、年賀状を繰りながら、静寂の中にいた。昨日から今日に日付が変わっただけで、部屋の家具なども、昨日のままなのに、周辺の空気がピンと張っていて、改まった新年らしき淑気を帯びている。それは、真新しい洋服を着ていることや、鶴の舞う漆塗りの重箱のせいばかりではなさそうだ。

玄関の戸が開いて、「おめでとうございます」の声が聞こえるが、いちいち出迎えなくてもいいことになっている。挨拶に見えた人は、上がり框《かまち》に名刺を置いていく習慣だ。戸が閉まると、また静けさが戻ってくる。妹と弟がどうしていたのか、それが、不思議に記憶から飛んでいる。

やがて、家の前の路地から、にぎやかな声が聞こえてきた。羽根つきが始まるようだ。使い慣れた羽子板を持って外に出ると、晴れ着の子どもたちが集まっている。いつの間にか、近所の大きなお兄ちゃんたちまで加わって、「羽根つき大会」になる。路地いっぱいに広がって、まるでテニスのボールを打つように、長い曲線をつくって羽根が舞う。初めは、洋服を汚さないようにと気遣っていたが、汗びっしょりになって走りまわる。

家々の玄関の軒先には、お注連《しめ》が飾ってあり、門扉の両脇にも、松を数本束ねて、金銀の水引で結んだ、小さな門松が付けてある。日の丸国旗も掲げられていて、金色の玉が、竿の先で輝いている。

二日になると、父は課員といっていたが、会社の若い人たちが一斉にやってくる。向き合って並べた座布団で、座敷がいっぱいになり、歩く隙間がなかったのを覚えているので、多分十数人だっただろう。母は、皿を並べて、数の子、黒豆、田作りなどをより分けて、ひとりひとりに設え、「松竹梅」と、墨で書いた祝い箸と共に運ぶ。私は、お酒の燗係をやらされる破目になる。大ぶりの鍋の湯の中に徳利を立てて、いい頃を見計らって母に手渡す。お酒の匂いは厭だったけれど、てんてこ舞いの母の役に立っていることを、ちょっと誇らしく思っていた。お客の一人二人が、台所に入って来て、お年玉を頂くこともあった。後で、父が「気の効くやつだな」と、満悦の顔をしていたのを思い出す。

私の何歳頃のことだったのか、これが心に蘇るお正月の情景だ。

現在はどうだろう。

我が家では、いつの頃からか、玄関の注連飾りも門松もしなくなった。ご近所の家々もしかり。大きな門松を立てている家が、却って異様に見えてくるような雰囲気だ。かつては車にまで付けていたのに。国旗掲揚については、いろいろと意見がある昨今の風潮もあって、一軒もない。羽根つき遊びも凧揚げも、今やスマートフォンのゲームに取って代わった。晴れ着姿も、とんと見ることがない。今年は播磨国総社に初詣したが、和服の男性はおろか、女性もほとんどいなかった。

街の様子も、随分様変わりした。

昔、年末の姫路二階町商店街は、「大せいもん払い」の幟《のぼり》が立ち、大売出しに買い物客が押しかけた。小学生時代に通っていた絵画教室では、毎年十二月にこの絵を描くのが習わしだった。両脇に、色とりどりの幟を描き、顔だけをたくさん重ねて、肩車された子どもなども描き添えた。それほどの人出で、これが年末の風物詩だと思っていた。明けて元旦になると、お店はこぞって立派な門松を立てて、昨日までの喧騒はどこへやら、しずまり返った商店街には、破魔弓を持った初詣の人の、真新しい草履や下駄の音が、ゆったりと響いた。そんな寿ぎに満ちた街全体の空気が、今はもう全く感じられない。何だか淋しく、惜《くや》しいと思うのは、私だけだろうか。

近年、年末に賑わうのは、デパートの地下だけだ。料理屋特製の多彩なお節が並ぶ。

フレンチレストランやイタリアンシェフの作る重詰めが、評判だそうだ。どこのが美味しかった、じゃあ、来年は早めにそれを予約しようと、現代人は競うそうだ。十万円の高級品でさえ、かなり売れるとか。

そんな高価なものを買うお金もないが、受け継いでいくことも大事かと、母がやっていたことを、少しずつアレンジして、私流のスタイルで、毎年手作りする。

お餅は家では搗《つ》かなくなったけど、黒豆は二十九日に炊くことにしている。三十日には買い物を総て済ませて、台所に立つ。数の子を塩水に浸す。田作りは、ぱりぱりに仕上げて紙の上に広げる。紅白膾《なます》の締め鯖は、松葉切りにする。嫁たちの好物の栗きんとんは、今年も美味しくできた。お煮しめは傷むことを考えて、三十一日の朝にと、段取りを組む。鰤《ぶり》の照り焼きも三十一日だ。つぎつぎ完成したものを、容器に入れて積み上げると、達成感がある。お節をあまり好まない孫たちのことを考え、カレーやおでんも作る。ここ数年は、豚肉の角煮が人気なので、特に腕によりをかけなくては。今年のサラダは何にしようか。これは、材料だけ揃えておいて、毎年、ふたりの嫁が作ってくれるので、任せておこう。

お雑煮は、それぞれ家庭で異なっていると聞く。関東は切り餅だそうだが、ここ（姫路）ではずっと丸餅だ。焼きアナゴを使う醤油仕立てに、さっと火を通した水菜をたっぷり乗せるのが特徴で、母の味を貫いている。

床に若松をあしらった花も生け、玄関周りには羽子板の置物や、干支《えと》も飾った。テーブルクロスも、お正月用に取り替えて、孫たちへのお年玉も用意した。祝い箸袋の名前書きは、毎年孫娘が楽しみにしているので、残してある。万事準備完了だ。

帰省する息子たちの家族が、我が家で、ほんの少しでも新しい年の淑気を感じてくれれば本望なのだが……。

（二〇一三年一月）

よろこびも半ば

――見てみたいある日とつぜん治る夢

――花粉症笑ったあいつも今年から

これらは、花粉症の医薬品を扱う企業が、募集した川柳だ。

二十余年前のある日、何の前触れもなく発症して以来、長いキャリアの私も、毎年シーズンになると、突然治る儚い夢を見続けている。

まだ寒さが残る頃、庭に出ると、草萌えの匂いが微かに鼻をくすぐる。ああ春が来る。ところが、いきなりクシュン！　各地で花便りが聞かれ、何分咲き、もう満開と、世間が桜騒ぎになると、一人前にはしゃいではみるが、また、クシャン！　山々が若葉青葉で覆われ、緑一色の一番好きな季節を迎えても、ハクション！　芽吹きや開花宣言も、今ひとつ、よろこびも半ばというところである。

花粉症は、アレルギーの一種で、体内に入った異物、即ち花粉を外に出そうとする作用が、くしゃみや鼻水、涙という症状になるそうだ。二月のスギに始まり、ヒノキの頃がピークで、ブタクサ、ヨモギやイネにも及ぶ。

花粉が飛び始める二週間前から、薬を飲み始めないと効果がないというのが、常識になっているが、その時を見定めるのは、はなはだ困難である。天気予報で花粉情報を聞いてからでは、もう遅きに失していると言うことになる。

今年は、飛び始めるのが早く、去年の十倍の量だとの有難くないニュースをキャッチした。恐れをなして正月明けに、かかりつけの内科に駆け込む。「早いですね。毎年二月ですよ」と、カルテを繰りながら、医者がびっくりする。飲み薬と目薬を処方してもらう。少なくとも五月まで飲み続けることになるが、副作用も気がかりだ。

でもその薬で抑えられているかといえば、そうでもない。ほんの少しでも周辺の空気が変わる事態が起これば、立て続けに何度もくしゃみを繰り返し、遂に鼻水の到来。ティッシュの用意怠らず、常にガバァとポケットに。ついでに目が痒くなり、触ってはならぬと言い聞かせながらも耐えきれず、目玉出して洗いたいと思うほどに擦るので、真っ赤に充血する。目薬が滲みて痛い。翌朝、瞼が腫れて目が開かない。その上鼻づまりのため、就寝中は口呼吸をするので、喉も痛めてしまう。

こんな状態になると、集まりも敬遠したくなる。ところが、折りも折、人前で話す日に出くわした。午前中は調子よかったのに、突如悪症状に陥った。喋りながら鼻かみも頻繁にできず、すすりあげるのも耳障りだったのだろう。ついに「お風邪ですか」と非難っぽく聞かれ、「お大事に」と皮肉られると、「花粉症です」と弁解するのも言い訳がましく、「風邪じゃないのであなたに移すことはありませんよ」と、心の中で叫びながら、恥じ入るばかりだった。緊張も花粉症を助長するらしいと、新たな発見もした昨年四月の悲しい一日だった。

民間療法も取り入れてみる。

朝一番に食べるヨーグルトがいいと聞けば、即実行。一年間やってみたが、効果は出なかった。ヨーグルト王国のブルガリア人も、花粉症になるらしいので、これは期待できない。ただ体を少しスリムにしたという、有難いおまけがついてきたが。

メチル化カテキンを含むベニフウキ茶も、せっせと飲んでみたが、さしたる成果はなし。味は悪くないので、とりあえず続けている。

耳鼻科では、鼻の粘膜にレーザー光線を照射して焼灼する手術を、勧められる。無理に鼻内を火傷させるようなものだから、術後数日は苦しいと聞くと、なかなか決断ができない。

ここ十年で患者数が倍増して、今や、日本国民の二〇%以上が罹《かか》っているというから、もう国民病と言えるかもしれない。ちなみに、両親が共にアレルギー体質の場合は五七%、どちらもそうでなくても、二六%の確率で発症するらしい。加えて、近年は地球温暖化で、スギの産出量が増える傾向にあるとか。

最近は、商魂たくましいツアー業者が、「避粉旅行」を企画している。花粉の少ない北海道とか南の島の石垣や奄美に、ハイシーズン一時的に疎開するというもので、結構人気があると聞く。

今日なれば鼻の鼻ひし眉かゆみ　思ひしことは君にしありけり

これは万葉集の一首だ。鼻水が出て眉が痒いと思ったのは、あなたが今日来る前兆だったのですね、という意味だ。当時は、男が、女の家を訪ねる妻問いなので、夫が花粉を運んできたのではないかと、ある環境考古学の先生が、新聞に書いていた。スギやヒノキの花粉の量は、縄文時代からあまり変わりはないそうだ。
我が家でも家人が帰宅すると、くしゃみの連発だ。「コート払ってから入ってね」と、玄関先で大声でわめく私がいて、万葉時代の優雅に恋人を待つ姫には、程遠いことだ。

（二〇一一年三月）

赤い実はもうないのに

スイセンの蕾が大分ふくらんできた。ここ数日のうちに咲くのではないかと、窓越しに庭を眺めていたら、側らのランの茂みの中に、褐色を帯びた灰色の塊があるのに気づいた。うずくまっているが、鳥のようだ。

もしやして！　あわてて、鳥図鑑を繰ってみると、やっぱりレンジャク。私との距離はわずか一m三〇㎝。硝子戸を開けると逃げてしまいそうで、もどかしい気持ちをおさえて、カメラとアイフォンで何枚も写真を撮る。刺激を与えないように、硝子に顔を擦り付けて見つめる。

「待ちに待っていると言いながら、なんだ、お前は。図鑑で探さないと、ぼくのことわからないのかよー。近くで見たいという贅沢な望みを叶えてやろうと、思ってさ！」

「そうだったの。うれしいわ。でも少し顔を上げてくれると、もっといいんだけど」

「ほら。これでいいかい？」

ヒヨドリより大きく見えるのは、体がふっくらしているからだろうか。背中の羽は艶やかで、頭には茶色の冠羽《かんう》があり、顎から黒くて太い過眼線《かがんせん》が後ろに伸びている。その過眼線が睨みつけているようで少し恐ろし気《げ》だが、お面を被ったおどけ者のようでもある。これで、結構男らしくハンサムではないか。嘴は短いが、何とも美しいブルーである。同じそのブルーが雨覆《あまおおい》から尾羽《おばね》に続いていて、尾羽の先端は一cmほどの帯状に、絵の具で塗ったような赤、即ち、緋色になっている。紛れもなく、ヒレンジャクだ。

「よく来てくれたね。ヒレンジャクさん。ピラカンサの実がもう無いので、あきらめていたのよ」

「まあ、何だってぼくらは食べるからさ」

「それにしても、仲間たちはどうしたの？」

「まあね……」

二月六日の昼下がりのことだ。

先に出したエッセイ集、『刻《こく》を紡ぐ』（編集工房ノア）に、「ピラカンサの道」と題して一文を書いたのは、十年も前のことだ。

お向かいの家のピラカンサは、毎年鈴生りの赤い実をつける。それを目当てに、この群れは大挙をなしてやってきた。ところが今、その木は、虫でもついたからだろうか、無残にも枝も葉も切り払われ、ただ短く幹を残すだけになっている。もうこれで、レンジャクは来ないだろうと、悲しい気持ちでいた。

ものの本によれば、繁殖地のシベリア東部や中国北東部では、昆虫類も食べると記されている。越冬のため日本や台湾などにやって来るときは、主に、ネズミモチ、ナナカマド、ヤドリギなどの果実類や、種子類を好物にしているようだ。ほとんどは群れで行動し、時には百羽を越えることもあるらしい。尾羽の先が黄色のキレンジャクは東日本で、西日本ではヒレンジャクが、多く見られるそうだ。

空を飛んでいるときには、到底見ることができなかったこの鮮やかな緋色とブルー。いつまでも見飽きない。

「─赤い鳥、小鳥、なぜなぜ赤い。赤い実を食べた─って、童謡にあるけど、どうして君の羽は、そんなに美しい色なの」

「……」

あれ！　あらっ！　いつのまにか姿が見えない。急いで硝子戸を開けたが、飛び立ってしまった。

「みんなのところへ戻らないといけないものね。来てくれてありがとう。さよなら」

青い空を見上げたが、もう行方を追うことはできなかった。

それから何時間がたっただろうか。飛来したハンサム君のことをほとんど忘れていたその時、外の空気がなんとなく騒がしい。耳をすますと、かすかにピーピーと声がする。表に出てみたら、電線に、一列に並んだヒレンジャクがいた。ピヒィーヒイ、ピッピッピィーと、鳴き合って、屋根を越え、複数の電線を行き来する。しばし、空を回遊し、あるものはホバリングを繰り返して、再び一列になる。急いで右端から数えた。五十三まで読んだところで、列がくずれた。

「ちょっと詰めて、ぼくをその間に入れてよ」

「やだよー。あっちへいけよ」

「じゃぁ、こっちにおいで。すこし、隙間があるよ」

「仲良くしようね」

まるでピアノの鍵盤の上で、椅子取りゲームをしているような戯れようだ。やがて、一羽、二羽と西に向けて飛び始めた。折り紙で作った飛行機のような三角形になって、次々と仲間を追って飛んで行った。

この大群の舞いを私に見せるために、ハンサム君が案内役を買って出て、前もって庭に舞い降りたのだろう。群れのリーダーなのかも知れない。一気に春を感じる午後になった。ヒレンジャクは、まさしく私にとって「春告げ鳥」だ。

（二〇一三年三月）

一カ月の居候

玄関脇のヤマモモの木に、おわん型の巣を見つけたのは、六月二十七日のことだった。玄関を出入りする度に、頭をかすめて鳥が飛ぶのを不審に思い、軒下や屋根を何度も探していた。だのに、こんなに近い、手の届きそうな場所にあったとは、全くの驚きだった。

ヤマモモは全長三・五mほどで、巣は、上から一mばかり下がった木の叉で安定していた。ほどよく葉が茂っているので、すぐには目につかず、外敵から守られている格好の位置だ。でも、台所の上げ下げ窓をいっぱい押し開けると、その木は、目と鼻の先にあり、床に座ればほぼ巣の全貌が見える。他の生き物から隠れはしても、人間さまの存在を忘れていたのか。いやいや営巣の頃、我が家族は一週間ばかり不在で、窓は閉じられたままだった。空き家と勘違いしたのだろうか。それともあまり人間を恐れない種なのだろうか。

何の鳥かも判らぬまま、興味津津で、私の定点観測の日々が始まった。

ついに親鳥が来た。ヒヨドリだ。なーんだヒヨなのか。ちょっとがっかりする。

山が近いので、庭にはいろいろな鳥がやってくる。メジロやジョウビタキなどが、木の枝に挿した果物をのどかに食べていると、ひとまわり大きいヒヨが来て追い払い、悠悠とご馳走を独り占めしてしまう。山茶花のめしべを嘴でつつき、花を落としてしまう。体の色も決して美しくない。実は、私はこの鳥が好きではない。

とはいえ、よくよく巣を眺めると、枯れ枝に絡んでビニールの切れ端が所々混じっている。それも薄い水色の。どこで拾い、どのようにして、あんなに数ミリの細さに裂いたのだろうか。我が庭のセンペルセコイアの枯れ葉も、編みこまれている。まさに手練《しゅれん》の仕業だ。

急に親心が湧いてきて、これはどうでも無事に巣立たせなくてはと、思ってしまう。

調べてみると、孵化するのに十三、四日。巣立つにはさらに十日ぐらいかかるようだ。巣に気づいた翌日には、もう、チチ、チチとヒナの声が聞こえるようになる。夕方、脚立に乗ってそっと巣の中を覗いてみた。赤膚の三匹が打ち重なるように眠っていた。

軒下ならぬ、木の枝を貸す自称大家となった観測者は、俄然忙しくなった。定点の台所の床に体育座りをして、首が痛くなるほど見上げ続け、三匹のヒナが、口を大きく開いているのを確かめると、安心して家事に戻る、が、窓から離れていると気がかりで、またのぞきにくる。

思い出した。それはもう三十年も前、宇治市のマンションの四階に住んでいた時のこと。ベランダの天井に吊るした、クーラーの室外機と壁の間に、スズメが営巣していた。その時もヒナが孵ってから気がつき、時遅しで軒先を貸すことになった。親スズメは餌を運ぶとき、ベランダ付近に人影があると、警戒してなかなか巣に近づかなかった。私はそっと物陰に隠れて見守った。幾日か過ぎた朝、ベランダの柵に七羽のスズメが綺麗に並んだのを見た。みんな部屋の方を向いて。しばしの後、群れで飛び立った。ああ、それは私へのお礼の挨拶だったのだ。こんなに成長して飛べるようになったと、私に見せたかったのだ。そう思えた。心がじーんと温かくなったのを覚えている。

窓越しで網戸を隔てているとはいえ、スズメの経験から、近くにいては親鳥が恐れるかと気遣いながらも、時間を割いては座り続けた。ヒナは次第に大きくなり、頭に毛が生えてきた。孵化して三日目、口を開けてはいるが、どうも観測地点からは二匹しか認められない。心配になってきた。またそっと上から覗くと、いたいた三匹。でも一匹は弱っていて、立ち上がれない。どうすればいいのだろう。

インターネットで調べてみた。

他の鳥と異なり、ヒヨドリは、人をあまり恐れないようだ。家の中で飼うことも可能で、飼い主を見分けることもできるとか。平安時代には貴族のあいだで盛んに飼われたそうだ。従って、拾ってきても育てられるということだ。弱った一匹を取り出してみようかと思ったが、とりあえず、様子を見ることにした。

五日目。一段とヒナの泣き声がけたたましくなった。V字型に開いた口が天を向いて餌を催促している。おや、三匹いるようだ。やれやれ、よかった。

私の観測も板についてきた。餌を運ぶ親鳥は二匹。この種は一夫一妻ということだから当然だろう。一羽は濃い灰色一色で、他はお腹に模様がある。どちらが母かは分からないが、鳥の世界では美しいのが雄だとか。

親は先ず、ヤマモモから一〇mほど離れた電線に止まり、格別大きく鳴く。これは、子どもに親の鳴き声を覚えさせる巣立ち後のための訓練らしい。人を恐れぬと知ったので、親が来ても私は窓から離れずに、それでも物音だけは立てないように見続けた。ヒナの成長につれて、餌運びは頻繁になった。同時に二親が来ることも度々あり、順を待って一段下の枝に縦並びする姿は、なんとも微笑ましい。餌は、あろうことか、生きた蜘蛛《くも》や蟷螂《かまきり》だったりする。ある時は、長い真っ黒な百足《むかで》を嘴の先でだらりと下げていてびっくり。きれいな色の蝶のこともある。

コーラスで今、『翼をください』を練習している。「この背中に鳥のように、白い翼を付けてください。悲しみの無い自由な空へ翼はためかせ飛んでゆきたい」の歌詞で、大好きなフォークソングの一つだ。鳥だって生き延びるには、悲しみがあるだろう。親としての責務も、人間と同じではないかな。何はともあれ、百足や毛虫を生きたまま食べさせられては、これはかなわん。歌の世界はロマンチックだが、ゆめゆめ鳥になりたいとは思うまい。

八日目の日暮れ時、ヤマモモの葉が、風もないのに、さかんに震えている。庭に出て離れたところで見てみると、キキーヨ、キキーヨと異様な鳴き方で、二匹の親が木を遠巻きにして、気が狂ったように飛び回っている。何が起こったのか。夕闇のなか、事の次第がわからない。

親たちは周辺の屋根や電線にいて、巣には全く近づかない。何分ぐらい過ぎただろうか、木の震えが収まった。すると、二匹は大きく旋回して飛び去った。どうやらまだ飛べないのに、ヒナが誤って巣から出てしまったようだ。木の葉の震えはその未熟な羽ばたきのせいだったのだ。

私は一件落着を見届けてから、改めて木の側に寄ってみた。もしや下草の中に落ちてはいないかと心配で。すると、根っこの暗闇から、いきなり真っ黒な猫が飛び出した。闇に乗じてヒナを狙っていたのだ。親は知っていた。「巣に戻れ、戻れ」と危険を知らせ、なんとか成功したのだ。生き物の厳しい平仄《ひょうそく》の構図を垣間見た思いだ。

その翌日、七月六日の朝。真っ先に庭に出た。妙に静かだ。慌てて脚立を組み立てる。巣は抜け殻になっていた。その中には何一つ汚物はなかった。「立つ鳥跡を濁さず」とは、水鳥が水面を濁さず、きれいに飛び立つことを言うそうだが、残された巣を木から降ろしながら、この言葉が別の意味で私を納得させた。

ヒナたちは飛び立つ訓練を何度も繰り返したのだろう。ヤマモモの小枝が所所折れて、葉も散っていた。巣立ちに立ち会えず至極残念だが、三羽とも上手く飛んでくれたことを祈るのみだ。

約一月滞在の店子は、家賃も置かず、いつかのスズメのような挨拶もせずに行ってしまったけれど、親心をくすぐる居候だった。
「空きの巣症候群」に陥りそうな私です。

（二〇一〇年七月）

照葉《てりは》に誘われて

今日はぽっかり空いた予定オフの日。昨日までの曇り空とは打って変わり、折から小春日和。飛びっきりよい一日を、自分でプロデュースしようと思いついた。

先ず、伸び放題になっていた髪をカットすることにして、行きつけの美容室の予約を取った。

すっきりしたところで、

「どこかにお出かけですか」と聞かれて、

「照葉に誘われて、ぶらぶらと……」なんて、いい加減な返事をして美容室を出た。日差しはやわらかく、一段と暖かくなっていた。

少し早めだけど、お昼にしよう。

周辺にはランチのできるところはいくつもあるが、ひとりで贅沢も気がひけるし、慣れたところが気楽かなと、いつも文学館の仲間と行くレストランにする。

冒険をする度胸を持ち合わせない自分を、自ら笑いながら、コーヒー付き八百円の日替わり定食に落ち着く。そう何度も来ているわけではないが、私の顔を見ると、ご飯を少なめによそってくれる。一度頼んだのをちゃんと記憶してもらっているのが有り難い。本日のメニューは、好物のてんぷらだ。家でも時々つくるが、テーブルについた頃にはほとんど冷めていて、こんなに揚げたてを食べられるのは幸せというものだ。

カウンターから窓外を眺めると、家々の庭木もかなり色付いていて、姫路城周辺は紅葉、黄葉たけなわだろうと、気分が高揚する。それは、後のお楽しみと言い聞かせて、ゆっくりとコーヒーを味わう。

清水橋を渡ると、右手には中濠《なかぼり》に沿って伸びる「千姫の小径」がある。ここもかなり魅力的だけど、一番のお気に入りは、北勢隠門跡から入って、中濠の土塁の際に続く、紅葉《もみじ》のトンネルだ。ここの葉はとても小ぶりで、それが光を受けて繊細なきらめきと影をつくる。まだ赤く染まっていない緑の枝もあって、そのコントラストが、着物柄みたいで豪華だ。大木の真下に佇んで見上げると、透かし模様が幾重にも重なって、つつましい絢爛《けんらん》さを演出してくれる。

毎年この光景を見ると、遠くの紅葉の名所に行かなくても、ここで充分満足だと思い、この城下に住んでいることに感謝したくなる。

歩を進めて、好古園の裏門辺りに来ると、内濠の石垣の草々も、赤や黄にお化粧して、雑草とは言え、目を奪われる。他の季節には、草の存在さえ気にとめていないのに、今とばかりに輝いている。

ものの本によると、日本で紅葉樹といわれるのは、二十六種もあるようだ。かつてロッキー山脈の大規模な紅葉に驚嘆したが、カナダでは、十三種しかないそうだ。そういえば彼の地では、黄色の葉のものが多くあったと記憶しているが、日本の紅葉のほうが、色彩豊かで、バラエティーに富んでいると思う。

踵を返して、もう一度来た道を引き返すのが、私流の習慣だ。三脚を使ってカメラを構えている人や、携帯電話やスマートフォンで撮っている女性もいる。私は敢えて写真は撮らない。実際以上に綺麗に撮れたことがないからだ。

地面に散った葉っぱを踏みながら歩く。乾き具合で、パリ！　とか、ジュジュ！　などと音を立てるのが面白い。大きな葉だと、もっとその音が楽しめる。まるで子どものように葉っぱを伝って進む。もう少し秋が深まって、飛花落葉が道路を覆い尽くす頃になったら、この音を求めてまたこの道を歩こうと思いながら、美術館近くの濠のカーブまで来た。振り返って眺めると、色付いた草木が濠の水にきらきらと映え、ここがまた好きな場所だ。ちょうどその良い角度に、初老の婦人がイーゼルを立てて写生をしていた。芸術の秋だね。

その芸術を極める今日の取って置きは、市立美術館での、『象徴派　夢幻美の使徒たち』展なのだ。

ロビーにあるロッカーに手荷物を預けて、身軽になって展示場に入る。

「象徴派」は、今まであまり耳にしてこなかった。「印象派」とどう異なるのだろう。入り口の説明版を読んでみる。

「眼に見える世界を超えたところにある理想や、事物の背後に潜む存在の神秘を、描き出そうと試みた」画家たちのグループを、象徴派と呼ぶらしい。十九世紀後半というから、印象派とほぼ時期を同じくして起こったのだろうか。

パンフレットの表紙になっているギュスターヴ・モローの、『聖セバスチァヌスと天使』が、最初の作品だった。思ったより小さい。ハガキ二枚分を縦に置いたぐらいのものだ。周りに人がいないのを確かめて、ぐんと近寄って見るが、宗教を踏まえたものは、その知識がなくて、陰に潜んだ象徴的なものが何なのか、まったく理解できない。ロマン主義だとか、総合主義またはナビ派など、あまり馴染みのない言葉で、展示がパート分けされているが、その区別もよく判らない。要は、構図や色を楽しめばいいのだと、自分なりの鑑賞の仕方に戻って、時間をかけて二百余点を巡った。ルドン、ドニ、ゴーギャン、ムンク、ボナールなどの名前は知っているが、いずれも見たことのない絵ばかりだった。

魅せられたのは、ジョン・ウィリアム・ウォーターハウスの『フローラ』だった。これももちろん初めてだった。森の沼地でフローラ、即ち花の女神が野の花を摘んでいて、傍らの籠には二輪の赤い花が見える。そのたおやかな所作が、オレンジのドレスと相まって優雅さを感じさせる。きっと神話の物語があるのだろうが、造詣を持ち合わせていない私にさえも、何を象徴しているのかを想像させる絵であった。幸い、ミュージアムショップに、その絵葉書があったので求めた。

展覧会には友人と来ることが多いけど、ひとりもそれなりにいいものだと、充実感をいだきながら館を出た。

おだやかだった日差しは西に傾き、風が冷たく感じられた。

コーヒーを一杯飲んで、観てきた絵の余韻に浸りたい気分だが、釣る瓶落《べ》としの薄暮が迫りつつあり、主婦に戻る時間だと急《せ》きたてる。

「そうだ、豆腐を買って帰ろう」

今の秋、初の湯豆腐も悪くないと、すでに頭の中は夕飯の献立の算段になっている。

足早に帰路を急ぎながら、出演者も兼ねた我がプロデュースの一日を、振り返ってみる。せいぜいこんなところで精一杯だ。ささやかではあったが至福の一日だったと、自分で拍手をしながら幕を下ろそう。


（二〇一二年十二月）

一年の計は十月に

十一月が近づくと、まるで何かに背中を押されているように、来年用のカレンダーと手帳を買わないと、落ち着かなくなる。

カレンダーは、お米屋さんや保険屋さんなどから、毎年数種類は届くのだが、それが、帯に短し襷に長しなのだ。リビングのマイ机の前に掛けることを考えると、大きいと邪魔だし、小さいと予定の書き込みスペースが足りない。お店の宣伝文字も目障りだ。結局、毎年頂くものは使わず、ニーズに合ったものを、重い腰を上げて探しに行くことになる。重い腰というのは、長時間かけても、思い通りのものに巡り合いにくい例年の経験からだ。

デパートの文具売り場と本売り場は隣接しているが、その両方に、膨大な数が所狭しと並んでいる。

最近は、日曜日から始まる週単位の横書きが、主流のようだ。

外国製は、月曜始まりで、右端に日曜日がくるものが多い。キリストが六日間で世界を創り、七日目を安息日即ち休日としたので、西洋では、月曜日が新たな始まりだとする説が有力だが、はっきりと証明はされていない。いつかフランスで買ってきたものは、月曜始まりの上、祝祭日が全く異なっているので、とても不便だった。友人のお土産にいただいたイタリア製の卓上カレンダーは、やはり月曜始まりだが、日付が縦に流れていて、一番下に文字の色を変えて日曜日がきていた。フィレンツェの風景写真が素晴らしいので、一年間愛用したが、慣れるまで時間がかかった。

写真や絵の入っているのは、印刷効果を出すために、コーティングした紙を使っているので、書き込むスペースがあっても、ツルツルで字が書きづらい。

月末が日曜日で終わる月、来年は三月と六月だが、一マスを斜線で分けて二日分にしているものが多い。これも避けたい。

紙面の隅に、前月と次の月のページが小さく載っていれば、なお申し分ない。

もう一つ欲をいうなら、大安とか友引とかの六曜が、明記されているものがよい。ところが、これらの条件を満たしてくれるものが、実に不思議だが、無いのだ。私の要求は贅沢なのだろうか。

昔ながらの「日めくり暦」は、種類は少ないが、在るにはある。子どもの頃は、大抵の家の柱に下っていて、たまにめくるのを忘れ、昨日のがそのままなんて光景も懐かしい。名言、格言が書かれたものもあった。

「いつまでもあると思うな親と金。いつまでもないと思うな運と災難」は、なぜか、心に残っている言葉だ。

「暦」という語感が、深長なイメージでとても好きだが、その語源は、「か（日）よみ（数える）」だそうだ。江戸時代は、借金の取り立て日や支払日を、指折り数えたことだろう。週単位で行動する現代人の予定表としては、全く不適当だ。

ほとほと疲れ果てて、手帳コーナーに移った。

「十月始まり」の帯が付いた新手帳が、広い場所を占めている。その年の十二月から始まるのを求めて、何軒も店を歩いたこともあったが、今年は十月始まりのものが出たのだろうか。近頃は物事が早め早めに前倒しされているようで、便利さは、しぶしぶ納得しつつも、これでは月日が早く進んで、ますます余命を縮められるような、心細さを感じてしまう。

手帳の第一条件は、薄くて余分なページがないことだ。バッグインバッグと自分勝手に名づけて、ハンカチ、ティッシュをはじめ、ペン、小さなハサミ、小銭ポーチ、バンドエイドなどをひとまとめにした、手の平より少し大きめの小物入れを、常に手提げバッグに入れて、持ち歩いている。手提げを取り代えても、それを移動させれば、忘れ物をしなくて済むアイディアだ。従って、その中に収まるサイズのものでないと困る。

次の条件は、仕様がカレンダーと同じであること。予定が決まると、手帳とカレンダーの両方に書き込むことにしているが、仕様が異なると、曜日感覚が狂うので、書き間違いが生じる。友人たちとの集まりが、一日違いで、待ちぼうけということになりかねない。

表紙にビニールのカバーがついているのも、ひとつの条件だ。内側に、講座の受講券や美術館などの会員証が収められる。

もちろん始まりは十二月がよいが、来来年の三月までを網羅しているものが希望だ。ほとんどの会期が、四月に始まり三月末で終わることを考えると。

中学生のとき、父が、会社関係から貰ってくる黒革の手帳の余りものを、「使うか?」

と、聞いてくれたときの嬉しかったこと。何の装飾もなくただ黒い表紙に、何年と印字されただけのものだったが、大人の仲間入りをしたように心が躍ったものだ。細い罫《けい》の行間を毎日、日記代わりに文字で埋めていった。あの輝いていた日々は、遠い昔のことだ。今でも、昔風の黒革表紙のものも少しはあるが、カラフルなものに押されて、片隅に追いやられている。

陳列台の端から順に眺めてみると、バインダーにリフィルの用紙を挟むシステム手帳が多い。インデックスも付いていて、開くと名刺入れとか、薄手の文具なども収まるように、作られている。真っ赤なものを手に取ってみると、カバーのフォックを外して手帳を開き、商談をするビジネスウーマンが想像され、テレビドラマの世界に入り込んだ錯覚に陥りそう。世が世ならば、私でもと、一瞬、頭を過《よ》ぎったが、そういう人は、ダークスーツを着こなし、高いヒールの靴を履き、きらきらのお化粧をして、ダイヤのネックレスなどをつけているのだぞと、どこからか声が聞こえてくる。システム手帳は、私とは縁のない代物《しろもの》だ。

表紙は、布、革、ビニールに加え、今大流行のシリコン製もある。模様は、イヌやネコ、クマやパンダなどの動物が意外に多いが、花柄、チェック柄も健在で、多彩に富んでいる。

中身については、巻頭に必ず年間計画表がある。これは一年を俯瞰できて便利なように見えるが、実際には使い方が難しい。毎日の体重を記録する人もあると聞くが、何も記入しないうちに一年が終わるので、私にとっては不要な部分だ。ダイアリー形式のページも、分厚い住所録も使用したことがない。

こんなに多種多様が山積みされているのに、今年もまた、自分にぴったりのものは見つけられない。諦めと妥協の末、去年使ったものと同じメーカーの、色違いに落ち着いた。

カレンダーと手帳を広げて、先ず、家族の誕生日にシールを貼っていく。一月は四番目の孫、三月には三番目の孫と、新品の紙を繰っていくと、次の一年も楽しいことが待っているような予感がする。折から机上には、小春日がやさしく差し込んで。

（二〇一二年十一月）

ひとり芝居

冬は火事のニュースが頻繁である。

先日も、同じ町内で大きな邸宅が全焼した。少し高い所に位置している我が家から、燃え盛る家が一望され、窓から吹き出る橙色の炎に慄いた。足のすくむのを覚えた。ひとり暮らしの男性が玄関で焼死だったと、翌日の新聞は伝えた。痛ましいことだ。

「火の用心！　マッチ一本火事の元」、突如として、この言葉が口をついて出た。

小学生だった頃、町内の子どもたちで、夜回りをしていた時代があった。

「火の用心、行きましょう」と、上級生が声をかけてまわると、綿入れの上着にマフラーと手袋で身をかためて、集合し、前後に上級生、低学年は中央にと配列して町内を回った。列のひとりが、「タバコの吸いがら、火の用心」と言うと、全員がそれを繰り返して唱和する。その後に拍子木をカチカチと打つ。続いて、「サンマ焼いても家焼くな、火の用心」「カチカチ」と言った具合だ。

私の好きな文言は、語呂は悪いが、「泥棒は家を取らぬが、火事は家を取る、火の用心」だった。自分の番がくるまでに、誰かが先に言わないかと、いつもどきどきしていた。拍子木の係は上級生で、なかなかさわらせてもらえなかった記憶がある。

街灯のない暗闇の小路では、身を固くして足早に進み、ぬかるんだ道で足を取られたこともあったが、寒空に出かけるのを、厭だとは思っていなかった。冬の風物詩の一つとして、結構いい思い出になっている。

あの夜回りは誰が企画し、誰がやらせていたのだろう。子どもたちだけの自主的なものだったのだろうか。火事の予防に一役買っていたのだろうか。

それにしても、最近は、必ずというほどに焼死が多いのは、なぜだろう。

犠牲になるのは、たいてい六十五歳以上で、逃げ遅れだと聞く。

高齢者所帯では、火事に気づいても、足腰が悪くて機敏な行動がとれない。加えて手を貸す人がいない。暖房器具からの発火の割合が高く、夜中のことが多いのも加担している。

その上、近年は、新建材で建てられている住宅が多く、また密閉性もよい。それが仇となる。新建材に含まれるウレタンや塩化ビニールが燃えると、有毒ガスが発生して息ができなくなる。こういう理屈になっているようだ。

何年も前だが、たまたま来ていた息子よりも先に、私が慌しく仕事に出かけたことがあった。

勤務中に、消防車のサイレンを耳にした。どこかで火事なのだ、と思った途端に、もしや我が家ではと、急に胸が動悸を打ち始めた。

トイレに小さな電気ストーブを置いている。かなり古いものだが、嵩《かさ》といい容量といい申し分なく、長年重宝している。最近は一定の時間にセットすると、自動でスイッチが切れるそうだが、もちろんそんな優れものではない。夫は、別付けでタイマーをくっつけたらと何度も言うが、「切るのを忘れるほど、まだ歳をとっていません」なんて、抵抗して、その提案を拒んできた。

息子は寒がりやだし、トイレの長いのが常だ。暖かいマンション住まいの彼は、あの寒いトイレで、きっとスイッチを押しただろう。リビングのストーブは消してから出ただろうか。いつもは私より、ずっとずっと注意深い子だから、大丈夫だと打消しながらも、慣れぬ家でのこと、ミスがあったかも知れないと思い始めたら、不安がたちまち大きな渦のように広がってきた。

打ち消そうとする意志とは裏腹に、気持ちは、止めどなくエスカレートしていく。あのサイレンの行き先は間違いなく我が家だと、揺るがぬ確信となって、家が燃えている光景までが、はっきりと浮かんでくる。居ても立ってもいられない。

同僚に、かいつまんで訳を話して、タクシーに飛び乗った。

なんとのろい走りなのだろう。車内で、両足が早く早くと小刻みに動く。

惨状を目にしてもあせるな。落ち着いて先ず何をすべきか、誰に連絡すべきかを考えよと、家が近づくにつれて、頭でシミュレーションをしてみる。意外に頭の中は冷静ではないかと、自身を観察しつつも、やっぱりタイマーを付けておくべきだったと、後悔しきりだ。これからは、夫の言うことに耳を貸そうと、固く自分に言い聞かせる。

タクシーの外を、お向かいの奥さんが自転車で通り過ぎるのが見えた。いつものお買い物のようだ。のんびりペダルを踏んでいる。近くに火事があったら、お買い物になんかに出かけるだろうか。家は無事なのでは。

角を曲がると、いつもの静けさで、いつもの姿で、我が家はあった。タクシーを待たせて、鍵をあけるのももどかしく、トイレに直行。冷たく冷え切った可愛いストーブは、いつもの所につつましく座していた。もちろんスイッチはオフ。リビングも何の変わりもなく静寂そのもの。

息子よ、やっぱりあなたは偉かった。ごめんね、ちょっとでも疑った母を許してと、心の中でつぶやいて、後ろめたい思いを抱えて、タクシーに戻った。

消防のサイレンがきっかけで、私を襲った小さな不安が、現実でなくてよかったと、胸をなでおろしたが、何年たっても火事と聞くと、この時の気持ちが蘇る。険難性《けんのんしょう》気味のひとり芝居で、愚にもつかない一連の行動を、夫にも息子にも話してはいない。

以来、「家を取られない」ために、外出時や就寝前には、指呼しながら暖房類のスイッチを見てまわっている。

時々は、慣れで上の空のこともあって、玄関から再点検に引き返すこともある。手間のかかる靴のときには、履いたままで部屋へ失敬することが、時たま、いやしばしばありです。これも内緒だったけど、暴露してしまおう。

（二〇一五年二月）

すき焼き譚

ユーモアのセンス溢れる田辺聖子は、殊の外、好きな作家であり、密かに私淑をもしている。最近出た『春情蛸の足』は全編、うどんやお好み焼きなどの、関西のタベモノの話に尽きる。面白くて笑いこけながら読んだが、すき焼きについての篇で、膝を打った。

話のあらかたはこうだ。

老舗の紙問屋の長男で、周りから「大坊ンちゃん」と呼ばれている男が、晩婚ながら東京出身の美人嫁をもらう。「あら、いやだわ」「おどろいちゃった」「お止しになって」などの東京弁を、まるでフランス語ででもあるかのように、楽しみ、「もの凄いよめはんきはった」と、一族の者がはしゃぎ立てる。内心それを得意がっている反面、大坊ンは何か文句をつけたいことがあっても、あの歯切れのよい東京弁で、返されるかと思うと、つい口を噤んでしまう。

彼は、すき焼きを「大げさに言うと、生きる希望だ」と、豪語してはばからないが、大阪と東京では「味が、てんで違う」とぼやく。

先ず食材が異なる。妻が用意するのは、白菜、菊菜、玉葱、えのき、生椎茸、糸ごんにゃく、白い豆腐、白葱、それらに加えて、花型に切った人参だそうだ。大皿に盛ったそれらを見て、「賑やか過ぎる」と大坊ンは思う。青葱、白葱、焼き豆腐、そして忘れてならないのは「麩」だと、彼は心の中で叫ぶ。

炊き方も異なる。しどろもどろに説明しても、彼女は、彼女の育った味があり、そう簡単に大阪流に馴染めない。ついに大坊ンは、昔の女を誘ってすき焼き屋に行ったり、女房の留守に、親戚のおばあさんに頼んで作ってもらうなどして、東京流の「死んだすき焼き」からの脱出を果たすというものだ。

すき焼きには思い出すことがある。それはオランダのアムステルダムに住んでいた遠い昔のこと、一家でローマに列車の旅をした。

中学一年と小学四年の二人の息子は、食べ盛り。慣れぬイタリアでの食事は、注文のしかたが悪くて、本場のピッツァでさえ美味しいとは思えない。今晩は何にしようかと空き腹かかえて歩いていたら、「すき焼き」の文字が目に入った。おまけに、「紅白歌合戦付き」とある。そろそろお米のご飯が恋しい頃だ。かなり魅力的だ。

当時のアムステルダムでは、牛肉を買うのに一苦労だった。スライスしたものを、値段別に美しく並べた日本の肉屋を、どれだけ恋しく思ったことか。何種類もの塊の肉のなかから、すき焼きに合う部位を選ぶのが、先ず大仕事。次に、切り方の説明が難儀だ。何ミリぐらいにと頼んでも、上手くいかなく、厚すぎたり、薄かったり。苦肉の策は「ハムのような薄さに」だった。それもちょっと薄すぎたが、まあ我慢して妥協した。ホテルオークラの地下の明治屋には、豆腐や糸ごんにゃくも売っていたが、とにかく高価で、オランダ滞在中は、そう頻繁にすき焼きはできなかった。

ローマのすき焼きはいくらなのだろうと、逡巡するも、三人はもう店に入っている。まあいいか、ここは旅でのこと、滅多にこんな地で食べられるものではないから奮発するかと、後に続いた。客は、私たちを除いて誰も居ず、テレビの紅白は、すき焼き鍋のすぐ上で、われわれだけのために歌っていた。

ところが、期待したそのすき焼きは、東京流だったのだ。甘辛く、少し焦げ目のついた牛肉、味のしみた焼き豆腐など、想像していたが、あえなく消えていった。肉が牛だったのか豚だったのか、今ではほとんど忘れているが、とにかく、野菜などの食材を一挙に突っ込んで、だぶだぶと鍋の縁すれすれに、「わりした」が注ぎ込まれた。えっこれがすき焼き！　と叫びたかった。家族にとっての初めての東京流すき焼きをローマで味わうなんて！　まあそれもひとつの思い出と胸に収めたが、大食いの男三人をしても、鍋は空にならなかった。値段のことは、こだわった割には忘れてしまっているが、安くはなかっただろう。

幾星霜を経て、我が家のすき焼きのスタイルは定まってきた。

先ず、油を敷いた鍋の底に、切らない大きなままの牛肉を薄く並べる。砂糖を多目にばらばら肉の上にかけて、醬油を回しかける。いい匂いが鼻腔を刺激して、もうこれだけですき焼きは完成に近い。まだ赤い部分が少し残るぐらいで牛肉を引き上げ、生卵には浸さず、すぐに口へ運ぶ。

この儀式が終わってから、次の牛肉を敷いて、焼き豆腐や白葱、きのこ類などを乗せる。水の出る白菜は使わない。最近は市販の「すき焼きのタレ」なるものを用いている。これは「わりした」とは違って、味が関西風の甘口にできていて、だぶだぶの汁にはならず、かなり満足している。

菊菜は食べる寸前に加えて、しゃきしゃきのままがいい。

焼き豆腐は、鍋の淵にずらりと塀のように一列に並べる。これは父につながるもうひとつの儀式のようなものだ。

料理に関しては、縦の物を横にもしなかった父だったが、すき焼きの鍋奉行だけは買って出た。焼き豆腐をひとつひとつ裏返し、几帳面に味を含めていく。「よし、もういいぞ」の声がかかるまで、子どもたちはじっと父の手元を見つめていたものだ。ものの心ついた時から、すき焼きは父が炊くものと、ずっと信じていた。

だが、うちの亭主どのは、出来上がるまで一切、箸も口も出さない。味にも文句を言わない。物足りないが楽でいい。ひょっとして、件《くだん》の東京女房のように、「えっ辛いんですか、おかしいわね、かなり甘くしたはずだけど」「じゃ、どうやってつくればいいんですかッ!」って怒鳴られるのが怖いのかも。

彼《か》の本では、翌日の残り鍋が、これまた物議を醸す。

「なんでそんなん、するねン……」と、捨ててしまった鍋を見て泣き声が出る。「だって、もう、お肉も野菜もないわよ」と、ぶっちぎるようにいう。「お汁が残ったァったやろ……」。鍋にへたり付いたちぢれた二すじ三すじの糸ごんにゃく、くたくたに炊かれた青葱、焼き麩のかけら、肉のクズ、そんなものがまざったお汁の中に、ご飯を入れて食べるすき焼きライスが、大坊ンは無類の楽しみなのだ。猫のご飯みたいだと、女房はずばり言うそうだ。

でも、口はてきぱきしてきついようだが、腹のない女だと、年を経るに従って、まんざらでもない様子だ。

すき焼きライスというのかどうかは知らないが、鍋の後のご飯焼きは格別である。海外行きの機内食の味噌汁でさえ、ご飯にかけたくなる亭主どのであってみれば、これを逃すはずはない。本鍋より目を細めて味わっている。私は決して、猫ご飯などとは言わず、その健啖ぶりに、ただあきれているだけだ。

(二〇一二年二月)

活字を追いながら

友人が宅配便で本を送ってきた。山崎豊子著『沈まぬ太陽』の全五冊だ。四六判の初版で一冊約三七〇ページ。およそ一九〇〇ページを読むことになる。一カ月後読了を目標に、目下奮闘中である。

借りたものは早く返却したいので、読書スピードが上がるが、自前のは、机上にうず高くなるばかりで、いわゆる「積ん読」状態である。眠る前の三十分は貴重な読書タイムだが、遠近両用めがねを使い始めてからは、横になっての活字追いは、不可能になった。

なにはともあれ、時間を見つけては読む。外出時も持ち歩き、乗り物での移動中も、ページを開く。それにしても厚みのあるこの本は、携帯するには持ち重りして、難儀なことだ。

読書は、一定の水を、バケツから別のバケツに移す作業に似ていると思う。一方の水が少なくなってくると、片方が満ちてくる。栞を順に運びつつ、既読の厚みをチェックして達成感にひたる。一気に読み切りたくもあり、余韻を楽しみながら結末を急ぎたくない時もある。これは、本読みの醍醐味かも知れない。

今、日本では、年間約八万冊の本が出版されている。世界では、一〇〇万冊を超えているそうだ。書店や図書館の書棚からは本が溢れ、新しいのを入れるためには、古い本を廃棄するしかないのが現状だ。それは我が家でも同じだ。買わないようにと、肝に命じているのに、いつの間にか増え、許容量を超えて、棚が重みで垂れるほどになってパンク寸前だ。

出版物の増加は、当然、紙の消費量にひびく。

四十余年前の初渡航で、アメリカに行ったとき、ロスアンゼルス郊外の動物園のトイレに、ペーパーが設置されていたのには非常に驚いた。当時の日本では、見られないことであった。今や日本もアメリカ並みになって、便座シートから手拭き用まで完備されているのを思うと、中国十三億人、インド十一億人という人々が、急激な経済成長のはてに、日本やアメリカと同じように、日常的に紙を消費するようになれば、たちまち木材資源は悲鳴を上げる。実際にそうなりつつあると、識者がある雑誌に書いていた。紙を使わない「電子本」の登場は、必然だったかも知れない。

昨年は、「電子書籍元年」と世間で騒がれ、各メーカーが一斉に名乗りを上げた。新聞や電器屋の広告などを集めて見ていると、かなり興味がわいてきた。新しいものに飛びつくのは、我が家の悪い癖。デジタルテレビ、掃除ロボット「ルンバ」も、待てずに早々と手に入れ、後から順次改良型が出て、辛酸をなめることになった。にも拘わらず、今回もついに、S社の「リーダー」を買う破目となる。

サイズは新書判ほどで、厚み八㎜、重さはほぼ一五〇g。文庫本よりは多少かさばるが、持ち歩くには、そう不便ではない。

一番の気がかりは、画面が見にくいのではないかということであった。しかし、紙の質感に似せた新技術の電子ペーパーなるものを使用しているとかで、反射しにくく、直射日光のもとでも読める。文字の大きさは、六段階あり簡単に切り替えられる。ページめくり、これが面白い。画面を指で軽く右方向にタッチすると進み、左だと前ページに戻る。文に線引きも可能で、ブックマークとしての隅折りも残せる。ページは分数表示で出るので、残りの分量を、一応は把握できる。これは、数字表記のデジタル時計と、針時計の違いと同じように思える。英語の辞書機能もついているし、手書きのメモを残すこともできる。

ただ、本の購入には、コンピューターが必需である。「リーダーストア」に接続して、書籍リストの中から、読みたい本を選ぶことになる。どんな本でも買える訳ではなく、電子本に登録されているものに限る。S社では当初一万冊といわれたが、どんどん増えている。価格は市販の本の六割ぐらいのものが多い。一挙に約一四〇〇冊を保存できる。即ち、それだけの冊数を持ち歩きできるということだ。

他の便利なプログラムは、写真や音楽を内蔵することができることだ。好きなクラシックを数曲入れている。長旅の車中では、イヤフォンで聴きながら、本が読めるのでとても有難い。心地よくて睡魔と仲良くなることも多く、それが残念だけど。

当初は本の代用品ぐらいに思っていたが、こんなに多機能をもっているのを知り、普及は早いかと予測したが、なかなか伸び悩んでいるらしい。私の周辺にも持っている人は、ほとんどいない。

最近の若者は新聞を取らないらしい。ネットや携帯電話で読めるからだそうだ。活字離れを言われて久しいが、本の発行は増加している。本屋には結構人が入っている。

そもそも私は、「紙」が好きだ。本はもとより、ノートやハガキ、便箋など。特に用がなくても、書店や文房具店を覗くのが常だ。色やデザインが綺麗なものを見つけると、つい買ってしまう。しばし豊かな気分になって、時には品選びに長居もする。

十年くらい前、アメリカのボストンに、一カ月間滞在したことがある。車なしでは身動きできない場所の、ホテル住まいだったが、ある日、交差する道路の下の緑地を通って、徒歩で行ける大きな書店を見つけた。そこは、書店というより、図書館に近い雰囲気があった。書棚の周りに、円卓をもつソファーがいくつも置いてあり、併設の喫茶コーナーがあった。コーヒーを飲みながら、選んだ本をゆったりと繰っている人たちを見て、ああ、これが、アメリカなのだと、カルチャーショックを受けた。

ところが近年、日本でも革命が起きている。斬新な店内の螺旋状の陳列棚には、一冊一冊が関連性のある並べ方がされていて、読書文化の広がりを狙っている。また、喫茶コーナーだけでなく、文具売り場も設けて、随所に試読用の椅子を置き、長時間留まらせる工夫がなされている。その上、ホテルのようなコンシェルジュ（総合接客係）をおいて、サービスにつとめるなど、都会では、個性的な書店が生まれているようだ。

我が家から近いところにも、それぞれの書棚の先に、二人掛けのベンチを設置し、二階にCDや楽譜なども並ぶ、かなり充実した書店がある。散歩の道すがら寄っては、パンクしそうな我が本棚の増本に加担している。一冊を選び出し、表紙を開くときの楽しさ、新しい本独特の匂い、これは至福の瞬間で容易に止められそうにない。

遠出の車中では電子本を、日常は従来の紙の本、これが今のところ、私の読書棲み分けだ。

件《くだん》の『沈まぬ太陽』は、五巻目に入った。やはり、紙の本の手触りや装丁は、プラスチックの画面ではかなわないなと、感じながら、残り少ない厚みを惜しんでいる。

電子本が、紙の本を凌駕することは、将来においても、多分起こらないだろう。両者は別のものとして共存するだろうというのが、私の見解だ。

（二〇一一年十二月）

仏語私的事情

フランスへの初めての旅は、今から三十年くらい前のことだ。

オランダのアムステルダムに住んでいた私たち家族は、旅行代理店が募集した列車でのパリ行きツアーに申し込んだ。エッフェル塔やサクレ・クール聖堂など、お決まりの名所を巡った様子が、わずかな写真から分かるぐらいで、仔細についてはあまり記憶がない。しかし、ホテルでのことは、はっきり覚えている。

当時、二人の息子は十三歳と十歳だったので、ホテルでは二部屋を予約した。その部屋が遠く離れているだけではなく、二階と四階だった。せめて同じ階にしてほしいと頼んだが、フロントの中年女性は、一向に反応を示さない。まるで聞こえないような素振りである。英語が通じないというよりは、解っているけど聞きたくないと、いうふうに見えた。ここは先進国の中でも、一番と言われるほどの国際都市パリではないか。英語が理解できない筈はないと、思いながらも、部屋換えを諦めた。

幾日か滞在している間に、次男は片言のフランス語を覚えた。

「ボンジュール」「メルシー」そして「オルボォワール（さようなら）」の三語だけだったが、それを駆使して、フロントへの鍵の受け渡しは、彼が率先してやり始めた。すると、あの無愛想な女性が、だんだん笑顔を見せるようになった。でも最後まで部屋の便宜を図ろうとはしなかった。

その二十年後、夫の会議出席に同伴して、フランス第二の都市リヨンに行く機会があった。

会議のオープニングに市庁舎に招かれ、市長の挨拶を聞いた。国際会議での言語は英語というのが常だが、堂々と通訳なしの仏語のみだった。

折しも、G7によるサミット（一九九六年六月）が数日後に、この地で開かれるとあって、こころなしか町には騒々しい感じがあった。会議を主催する教授の招待ディナーは、G7も食事に使用するという、古いホテルの庭園に設えられた。テーブルでは隣にフランス人のミセスが座った。話しかけても、彼女はほとんど喋らず寡黙を通していた。

それは、むしろ英語が話せないことを恥じらっているように見えたが、なぜか不快な気持ちにはならなかった。

一般に気位が高いと言われるフランス人は、自国語が世界一美しい言葉だと誇りを持ち、あえて、英語は習わず、使わずという頑固な一面があるようだ。でも仏語を喋る外国人を、本当に快く受け入れてくれるとも聞く。ほんの少しでも私が話せたら、ミセスは心を開いてくれたのではと、残念な気がした。

そして、リヨンを去る日、駅近くのレストランでのことだ。

英語のメニューは、もちろん置いていないので、旅行案内書と首っ引きで、料理を注文する。やがてデザートになった。さっきから美味しそうなイチゴを盛ったガラスの器が、テーブルを行き来している。猛然とそれが食べたくなった。身振り手振りで意思を示すが、若いウエーターは首をかしげるばかり。夫は紙ナプキンを広げて、イチゴの絵を描いた。ブツブツも忘れずに。

「分かった!」という笑顔になったので、安心して待った。ところが、来たのはブルーベリーだった。ここで引き下がって、フランス人に負ける訳にはいかない。日本人特有の妥協精神に甘んじていては、この国では生きていけない

カウンターの向こう側にイチゴがあるらしいと、密かに盗み見していた私は、すくっと立って彼を誘導した。

「ああ、フレーズ！」と合点し、たっぷり生クリームを載せて、満面の笑みと共に、テーブルに運んで来てくれた。

これらの経験から、フランスへは、仏語を習ってからでないと来られないなと、つくづく思ったものだった。

そんな思いを抱きながら、月日は過ぎ、やっと仏語教室に通い始めたのは、二年前のことだ。

仏語は、国際連合の六つの公用語の一つであり、使用国数は五十にも及んでいるが、私は、難しくて縁遠い言葉としか受け止めていなかった。しかし、日本語として使われている仏語が、想像以上に多いのに改めて驚いた。

例えば、普段何気なく使っている「ブティック」や「ポシェット」を始め、お洒落な食べ物の「クロワッサン」「ババロア」「シュークリーム」「クレープ」など。

好物のクッキー「ラング・ド・シャ」は「猫の舌」という意味だそうだ。その形が似ているからだろうか。

他にも、「バカンス」「アベック」「フィアンセ」など、枚挙に遑《いとま》がない。

リクルートが発行している求人情報誌「とらばーゆ」は、今や、ひらがな書きだが、「働く」という意味の「トラヴァイエ」から来た日本語用法である。

こんな身近な言葉なら、何とかものになるかと思いきや、何と何と、発音ができないばかりか、まとまった語の連続読みを、リエゾンと言うが、全く別の一語のように聞こえる。男性詞、女性詞により冠詞が異なる。動詞は主語の人称により活用が変わり、その上、半過去、単純過去、単純未来などとややこしい。数の数え方に及んでは、もうお手上げの感ありで、二年たっても、まともに暗記できない。

「仏語は数を数えられない言葉だから、国際語として失格しているのも、むべなるかな」と、言った東京都の石原慎太郎知事が、仏語学校関係者に訴えられた話は、まだ耳に新しい。彼の発言の真意は、はっきりと理解できないが、確かに独特の数え方ではある。

十一から六十九までは、英語とほぼ同じように続いていくが、七十は「六十と十」、七十一は「六十と十一」というふうに増えていく。八十に至っては、「四×二十」、八十一は「四×二十＋一」と表現する。九十は「四×二十＋十」、九十一は当然、「四×二十＋十二」となる。これを小さな子どもでも覚えるのだから、フランス人は頭がいいのだろう。

綴り（スペリング）は英単語と同じものも多いが、発音が全く異なる。オランダ語も滞在中にちょっとだけかじったが、これも少しずつ発音や綴りが異なる。お互いに隣接しているにもかかわらず、どうして国により、こんなにも言語の違いがあるのだろう。統一されていたらとても便利だし、世界中で人の気持ちが通じ、国と国の諍《いさか》いも起きにくいのではないかと思うのだが。

十六世紀のフランドルの画家、ピーテル・ブリューゲルの代表作『バベルの塔』を、ウィーンの美術史美術館で観たことがある。

煉瓦を何層も積み重ねた円錐形の建物は、雲を突き破り、天に届かんばかりに巨大だが、工事途中のままだ。旧約聖書の伝説を絵にしたものだが、より高くより大きくと願う人間の傲慢さを、神は見逃さず、お互いの言葉を通じなくした。工事は続けられず、塔が完成することはなかったという話である。

言葉の細分化は、そんな遠い時代に遡《さかのぼ》るのかも知れない。

リヨンの後も、数回フランスに行っているが、最近は、どのレストランでも、希望すれば英語のメニューを出してくれる。道で会う人も外国人だと分かると、英語で話しかけてくる。フランスは国際化したなんて、皮肉混じりの冗談も聞かれるほどだ。

私の仏語学習は、かなり遅きに失し、迂遠な計画かと思いながらも、せめて簡単な挨拶だけでも流暢に発音して、フランス人をにっこり笑わせたいと夢見ながら、悪戦苦闘の日々である。

（二〇〇九年九月）

III

ふるさとの訛《なまり》

　ゴールデンウィークの行き先を、東京方面に決めた理由の一つに、上野駅があった。上京の度に、上野公園にある美術館を何度も訪れているが、今回目指すは、駅構内十五番ホームだ。

　近年の駅は、高架や地下など立体的な構造が多く、ホーム、線路、改札口が地表にある地平駅は、珍しくなりつつある。上野駅はその代表とされている。天井が低く、だだっ広く薄暗い感じの構内は、昭和の雰囲気を色濃く残している。今まさに、上野行き表示の列車が到着しようとする十五番ホームの南端に、

　ふるさとの　訛なつかし
停車場の　人ごみの中に

そを聴きにゆく

のモニュメントはあった。これが見たかったのだ。石川啄木の歌碑です。

その形は、蒸気機関車の煙室の先端にある扉を模したもので、円形だ。今でこそ、煙を吐く先頭車はないけど、終着駅に着いたその機関車から、ポイと、こぼれ落ちたような設えにしてあると見た。大きさが煙室扉と同じかどうかは判らないが……。

明治四十三年、啄木二十四歳の時の作品で、「東京毎日新聞」に発表され、同じ年に刊行された歌集『一握の砂』に収められた。家族を函館の義弟に預けて、二度目の上京。小説家をめざすが、貧乏に打ち過ぎ、長男を生後二十日ばかりで失い、「大逆事件」に伴って、社会主義に関心を持ち始めた、そんな頃だった。東北線が発着する駅に来て、故郷の言葉をまさぐり聞いたことだろう。渋民村に帰りたいと切に思ったことだろう。

それは、彼に限ったことではない。上野駅は東京行きの夜汽車の終着駅だった。時代は少し下るが、高度経済成長期、金の卵と持てはやされた集団就職の列車が着く駅でもあった。わずか十五歳で親と別れて、慣れぬ都会の第一歩を刻んだこの駅に、懐かしいお国言葉が聞きたくて、何人もが足を運んだことだろう。ホームの周辺は、今も、かなり広いスペースになっていて、重い荷物を持った子どもたちが列をつくり、雇い主の迎えを待ったであろう、その光景が容易に想像できる。東京の都心だということを、一瞬忘れさせる別世界の空気が漂っている。

聞くところによると、十五番ホームの発車ベルは、昔のままのベルだそうだ。他のホームは現代的に発車メロディーに代わっているが、地方から来た乗客が、聞きなれないメロディーで混乱しないようにとのことらしい。

私は、中学生のころに啄木を知り、夢中になって読みあさった。三行書きの短歌に、新鮮なものを感じたことをはっきりと覚えている。「ふるさとの訛」は好きなものの一つだ。

——己《おの》が名をほのかに呼びて　涙せし　十四の春にかへる術《すべ》なし

——砂山の砂に腹這ひ　初恋の　いたみを遠くおもひ出づる日

——不来方《こずかた》のお城の草に寝ころびて　空に吸はれし　十五の心

などは、今でも空で言える。

確か啄木歌集があったはずだと、我が家の本箱を探したが、見つけられない。ならばと、本屋に急ぐ。「啄木、啄木」と、本棚を巡るが、無いのだ。何種類もの評論や歌集が並んでいて当然だと、思っていたのだが。もう啄木は、現代の若者にはもてないのだろうか。ひょっとして、それって、誰なの？　何て、読むの？　の世界になってしまっているのかも。やっと『啄木日記を読む』（池田功著）の一冊に目が止まった。

前途洋々の気取った書きぶりで、十六歳から始まった日記は、死去するまでの十年間で十三冊に及んだ。最後は一家が肺結核に倒れ、どうにもならない絶望的な状態を、虚飾のない文章で綴っている。また、赤裸な表現を『ローマ字日記』に残していたことをこの本で知った。借金をした上で、浅草通いをし、露骨な性的表現をローマ字で書いている。敢えてローマ字を使う理由に、「妻《さい》に読ませたくない」からだと、日記の冒頭で堂々と言っている。もっとも妻の節子は女学校を出ていたので、ローマ字も読めたのではないかというのが、一般的な見方のようだ。

望郷の思いに包まれ、貧困と戦いながら妻子を養い、

——友がみなわれよりえらく見ゆる日よ　花を買ひ来て　妻としたしむ

と詠んだように、家庭的でありながら、恵まれることの少なかった悲哀に満ちた人生。二十六歳と二カ月で、結核のために世を去り、翌年には節子までが同じ病いで死去。なんと痛ましくて、いとおしい。これが、汚れを知らない？　青春時代に、私がイメージした啄木像だった。

友人に、借金魔とか、社会的に無能力な男だとののしられ、なけなしのお金で女遊び、妻には隠し事をするなど、彼の裏の面を知ったことは、幾星霜を経て、新しい啄木に出会った思いだ。それは人間啄木の発見であり、そんなこともあっての人生だったと、ほっとする自分がいるのも事実だ。

子どもの頃から我が家では、百人一首が、家族での貴重な遊びだった。いつも読み手は父だった。読み始めの「空《から》一本」に、決まって、

——東海の小島の磯の白砂に　われ泣きぬれて　蟹とたはむる

を、朗々と吟じた。父も啄木が好きなのかなと、思ったこともあったが、改めて尋ねるのも、なぜかはばかられて聞かずじまいだった。今になってみれば、惜しいことをしたものだと思う。余談だが、私は、父から厳しく読み手の訓練もさせられたことを、この東海の……と共に思い出す。もっとも私の「空一本」は、別の歌だったのだが。

私が二十五年前に、京都から姫路に帰郷したとき、大工さんに入ってもらった。彼らの話す生粋の姫路訛を耳にして、その懐かしさで、ああ、帰ってきたのだと実感し、切に心に沁みたことを今も覚えている。

（二〇一四年六月）

春は来たのに

五月の晴れた休日、うららの陽光に誘われ、「尾崎放哉《ほうさい》記念館」を目指して、姫路港から小豆島に渡った。

駐車場に車を止めると、屋根付きの和紙風看板に書かれた、

障子あけて置く海も暮れ切る

の文字が、真っ先に目に飛び込んできた。この句は放哉の代表作で、作家の吉村昭の揮毫だそうだ。かねてから来たいと念願していたこともあって、胸が高ぶるのを感じた。

私が尾崎放哉を知ったのは、吉村昭著の『海も暮れきる』を読んだことによる。今日もその本を携えて来ている。

白い土塀に沿って歩き、放哉が当時住んでいた「南郷庵《みなんごあん》」を忠実に再現したという記

念館の前に立った。

短い石段を上がると、丹念に整備された庭があった。たわわに垂れ下がった藤の花が華やかで、松の大木も堂々と枝を広げている。小説を読んで想像していた庵の光景とは、かなりかけ離れているように思えるが、この松は、もしかするとその時のままかも知れない。建物の中に入る前に庭を歩いてみる。塀際に、

いれものがない　両手でうける

の一句と共に、石に刻まれた経歴の説明板がある。

細く開いている右手の板戸から土間に入ったが、深閑としていて、人の気配がない。「ごめんください」と声をかけたら、三間続きの、中の間の襖陰から、年配のご婦人がにこやかに顔を出した。お客は誰もいない。神聖な場所に踏み込むようなたじろぎを覚え、一瞬足が竦《すく》んだ。促されて履物を脱いで部屋に上がる。

最初の二畳間には、放哉を中心に置き、彼の面倒をみた井上一二や杉本宥玄《ゆうげん》の写真が四枚掲げられている。当の彼は男前の好青年に写っている。

その下に、六曲の屏風に貼られた『入庵食記《じっき》』があった。庵に入った当初から、その日に食したものの記録として、書き始めたが、病が重くなり、ほとんど何も喉を通らな

くなってからは、食べ物の記述だけに止まらず、島の気象や風の向きなどを書き込み、日記風となった。細長い色紙は十二枚に及び、ぎっしり横書きで綴られているが、余りに達筆過ぎて、私にはほとんど読めない。南郷庵を再建するに当たって、この『食記』が資料として、大いに役立ったそうである。

天井には裸電球が一つ。古い柱時計も往時が偲ばれる。六畳の中の間には、お大師像が祭られていたそうだ。一段高くなった奥八畳間は、放哉の生活空間で、死の床もここに敷かれていただろう。展示物は、色紙、短冊、書簡、葉書など、ほとんどが文字物である。大学の卒業証書もある。従兄妹の沢芳衛に宛てた年賀状があった。二人は恋人同士だったが、血が濃いと親族に反対され、結婚はできなかったそうだ。芳衛の「芳」をとり、当初「芳哉」と号した。

有名な一句、

咳をしてもひとり

と、種田山頭火《さんとうか》の「からす啼いてわたしも一人」が、両面に書かれた二枚折屏風が、明かり障子の前に置かれていて、目を奪われた。

放哉は本名尾崎秀雄と言い、明治十八年（一八八五）に鳥取市で生まれる。

第一高等学校時代は、漱石の授業を受けたこともあり、一年上には、俳句の師である荻原井泉水《おぎわらせいせんすい》がいた。東京帝国大学法学部を卒業後、東洋生命保険会社に入社。次々と職業を変えながら、朝鮮火災海上保険会社の支配人として、京城に赴くが、翌年、罷免《ひめん》。満州で肋膜炎を患う。

句歴の始まりは十四歳で、一高で虚子などが指導する俳句会にも参加。定型句を作っていたが、井泉水が創刊した『層雲』に投句をした三十一歳頃から、自由律俳句に転向する。『層雲』からは、三歳年上の山頭火が、自由なる心の叫びを俳句にして世に出ている。二人は境遇がよく似ており、寺男をして放浪生活をし、酒に溺れたところまで同じで、常に並び称せられる。

満州から帰国後、親戚付き合いを断ち、妻の馨とも別居して、京都の修養団体で奉仕活動をするも長続きせず、須磨、福井県小浜などの寺を転々とする。

その一方で、常に死を意識していた彼は、歩いて入って行きさえすれば、いつでも自分を受け入れてくれる海が、身近にあることで、精神の安定が保てるとの思いから、小豆島に来ることになる。

井泉水の口利きで、『層雲』の同人である醬油醸造業を営む素封家の井上一二に、一時期身を寄せる。同じく同人の、玄々子《げんげんし》の俳号で句作をしている、西光寺住職の杉本宥玄の好意で、別院南郷庵の墓守りの役目を与えられる。

無限の境地に入るには、無一物《むいちもつ》になることだと心得て、一切の社会生活との無縁を志したが、酒だけはどうしてもやめることができなかった。酒を買うために、弟子や知人に恥ずかし気もなく、金の無心の手紙を書き、深酒をしては帝大出の学歴を口にして、周囲の人たちの顰蹙《ひんしゅく》を買う。

彼岸過ぎになると、庵にお遍路がやって来て、ろうそくを買い金品を置いていってくれる。その僅かな収入を一縷《いちる》の頼みにして、春の来るのを一日千秋の思いで待つ。

　肉がやせてくる太い骨である

と詠んだように、彼の湿性肋膜炎は日毎に悪化する。床に臥せってお遍路の鈴の音を待ち侘びるが、あいにく、その年は春の訪れが遅かったという。やっとお遍路がぽつりぽつりと来るようになって、春が来たというのに、彼は床から頭も上げられないほどに衰弱してしまう。

　春の山のうしろから烟が出だした

の辞世を残し、最期まで身のまわりの世話をした漁師の南堀シゲ夫婦の腕のなかで、四十一歳の人生を閉じる。

晩年の八カ月を生きた狭い空間のこの八畳間に座して、しばし自問してみる。

学歴も立派で一流会社の要職にもつき、俳人として自由律の秀句を数多く発表し、俳壇の注目を浴びたこの人。二十二歳のとき、号を「芳哉」から「放哉」に変えている。「放」は「はなつ」であり、「ほしいままにする」の意味もある。妻も財産も何もかも抛《なげう》ち、放《はな》った人生を送りたいとの願望は、達成されたものの、文無しの庵主の生活は、支援してくれる人たちの施しなしには、一日も生きられない厳しいものだった。自分の身を破滅させて極めた荒行であった。

どうしようもない人だったのに、なぜ魅せられるのだろう。誰にでもできない生き方を実践したからだろうか。物を持たぬゆえに、心が自由だったということにも、憧れを抱くからだろうか。

本に描かれた場面も湧いてくる。息を引き取ってから駆けつけた馨が、この部屋で変わり果てた夫と対面した時のことを、「女の口から叫びに似た泣き声がふき出し、畳に膝をつくと顔をおおった。激しい泣き方であった。女は肩を波打たせ、体をもだえるように動かして泣いている」と、吉村昭は書いている。

空想の中にいたら、突然、記念館の留守番の女性が声をかけてきた。なんだかシゲさんを見るようなおだやかな口ぶりだ。

役場は休日だけど電話をすれば、図書館横にある資料館を開けてくれるという。五分もたたないうちに、バイクで土庄《とのしょうちょう》町の職員の男性が駆けつけて来てくれた。

「お墓にも行きたいのですが」と、遠慮がちに言ったら、「ご案内します」と、南郷庵のそばの小高い丘を、先にたって登り始めた。

共同墓地ではあるが、他とは距離をとった広いスペースに、五輪塔の形をした威厳ある墓があった。両脇の花入れには真新しい黄色の草花が挿してあった。「海が見たい」との最後の望みがかなって、「大空放哉居士」は、陽に映える海を終日眺めていることだろう。

山に登れば淋しい村がみんな見える

は、ここからの風景だったのだろうか。今は朱色の西光寺の三重の塔が、まばゆく輝き、打ち重なる甍が豊かな町を造っている。

彼より十四年長く生きた山頭火は、二度、この地に墓参したと聞く。

（二〇〇八年五月）

『東京家族』を観る

さすが前評判のよい映画だけあって、いつも空席ばかりでがらんとしている映画館が賑わっている。友人が早目に来て並んでくれたので、中程の見易い席が確保できた。

NHK邦画アーカイブスで、数年前に白黒の『東京物語』を観たことがあった。それぞれの生活をしている子どもたちと、老いた親との数日間の触れ合いを、ひとりひとりの現実的なエゴを織り込みながら、淡々と描いたもので、戦後すぐの話であるのに、決して古いという感覚を覚えなかった。もちろん、細部では時代錯誤も感じたが、根本の筋立ては共鳴できるものだった。

昭和二十八年（一九五三）に、今は亡き小津安二郎監督が製作したこの作品は、昨年（二〇一二）、世界の映画監督三百五十八人の投票で、優れた映画の第一位に選ばれた。

その『東京物語』を土台に、監督生活五十周年を記念して、山田洋次が「二〇一二年五月の物語」とはっきり時代を設定して、撮影したのが『東京家族』である。このことを充分理解した上で鑑賞したのだが、リメークだと簡単に言えない何かを深く感じた。オリジナルと言ってもいいのでは、とさえ思った。

プロットと人物の配置は、おおむね同じである。俳優で言えば、以前は老いた夫婦に、笠智衆と東山千栄子だったが、新作品では、橋爪功と吉行和子が扮する。その子どもたちには、往年の大俳優杉村春子、香川京子、山村聡、原節子に代わり、西村雅彦、中嶋朋子、夏川結衣、そして、私の好きな妻夫木《つまぶき》聡《さとし》と蒼井《あおい》優が出演している。


瀬戸内の小島で暮らす両親は、子どもたちに会う旅を計画し、東京にやって来る。品川駅に着いたが、出迎え役の次男（妻夫木）は東京駅で待っていた。せっかちな父親はタクシーで長男の家に向かう。

「全くやくにたたないんだから」と、口の悪い長女（中嶋）は、次男をいつものように叱責する。

長男夫婦（西村・夏川）と二人の孫（中学生と小学生）、小さな美容院をやっている長女、そして舞台美術の仕事をしている独身の次男が、郊外で開業医を営む長男の手狭な一軒家に集まる。

「すき焼きでよかったかしら」と、長男の嫁が、長女、即ち小姑にお伺いをたてるあたりは、ごく自然で、普通に見られる光景だ。

両親が泊まる場所をにわかにつくるため、二階の勉強部屋を明け渡し、机を移動させられた中学生の孫は、「じゃあ、勉強しなくてもいいんだね！」って、母親に悪態をつく。

日曜日に、長男は、両親をお台場から横浜見物に連れて行く筈だったが、仕度途中に急患があり、取り止めになる。次に長女の家に泊まりに行くが、美容師をしながら家事もこなす現状で、両親をどこにも案内できない。

「学校の先生だったから話が理屈っぽい」と、煙たがりながらも、長女の夫（林家正蔵）は、父親を駅前の温泉に連れ出したりする。

次男は東京案内を姉から頼まれるが、名所遊覧のバスに両親を乗せて、自分は居眠りをしている。昼食の時に、

「お前の仕事で将来の見通しはあるのか」と尋ねられて、「この話はやめよう」と、突っぱねる。次男と父親は、どうやら以前から噛み合わない関係らしい。

どの子どもも両親に優しくしたいと考えているが、それぞれが忙しくて、思うようにならない。長女の発案で、お金を出し合って、横浜のホテルに泊まってもらおうと、いうことになる。

画面いっぱいに写し出されたのは、横浜のインターコンチネンタルホテルだ。横浜に在住の我が息子は、形が似ているので「ギョーザホテル」だと茶化すが、泊まったこともあるので、周囲の様子なども想像されて、どんな展開が待っているのかと、期待しながら見入った。

ホテルのレストランで、大島紬の着物姿の母親と、父親は、夕食をとるが、言葉も少なく、どことなく落ち着かない表情だ。そそくさと食事を終えて部屋に戻るが、窓から見える大観覧車が、虹色に輝くのを見て、若い頃、共に見た映画のことを懐かしむ。カーテンを引かず、ネオンの光を眺めながら寝ようとするが、ベッドや枕が合わず、寝苦しい夜を過ごす。二泊の予定だったが、居心地が悪く、費用もかかるからと、一泊で切り上げて二人は長女の家に戻ってくる。

「今日は商店街の飲み会を自宅で開くので、今夜は居てもらっては困る」と、すげなく長女は言い放つ。

「なかなか親の思うようにはいかんもんじゃの」とつぶやきながら、父親は同郷の友人宅に、母親は一人暮らしの次男のアパートへ行くことにする。

アパートの部屋は、思いのほか綺麗に片付いているのに驚くが、久しぶりの母親の手料理を、次男は美味しそうに食べる。末っ子の甘えん坊で、父親には心を開かないが、母親には素直だ。恋人のことを打ち明けようとする前に、彼女（蒼井）が現れる。その明るい笑顔に、母親は一目で気に入る。

「感じのいい人」と褒め、「お父さんには自分で言いなさい」と諭し、もし難色を示すようなら、私が力を貸し口添えをするからと、優しい母親の励ましに、次男は勇気をもらう。

一方、父親は、医師の長男に禁酒を言われていたにもかかわらず、飲み屋で泥酔してしまう。嫁に気を遣うからと、友人に宿泊を断られ、周囲に迷惑をかけながら、夜中に長男の家に辿り着く。ようやく落ち着きを取り戻した頃に、満面の笑みで母親が帰ってくる。

ところが、何があったかを話す前に、母親は長男の家の階段で倒れる。救急車で運ばれるが、一度も目覚めないで、あっけなく息を引き取る。家族に紹介されないまま、遠慮勝ちに病室に入る次男の恋人の姿が、好もしい。

遺骨を抱いて、島の実家に帰る父親に同行したのは、次男とその恋人だった。葬儀には長男、長女夫婦も来たが、忙しい都会での仕事を理由に、その日の船で帰京してしまった。残されたのは次男と恋人。父親は彼女と目を合わそうともせず、何を聞いても顔さえ見ない。ここに来たことを後悔し始めていた彼女は、数日後、東京に帰ろうという日に、言い出しにくいとためらっていた次男に代わり、父親に別れの挨拶を切り出す。当たり障りのない言葉をかけて、去ろうとしたその時、やっと口を開いて、妻の遺品のハンドバッグの中から、腕時計を取り出し、辞退する彼女の手に握らせる。

(あんたはいい人だ。母さんはあんたに会ったので、安心して逝ったことだろう。頼りない息子だけどよろしく頼む)と、眼がそう語っていた。実際の台詞は、

「この先、厳しい時代が待っとるじゃろうが……」息子に後を託したいと言い改め、「安心して死んでいけます」とまで語る。

ひとり残された老人は、仏壇のある部屋で新聞紙の上に足を投げ出して、爪を切っていた。半分だけ開けたガラス障子から吹き込んだ、やわらかな風が、丸まった背中を撫でていた。それは侘しいという風ではなく、孤独をも包み込むような明るさがあった。

山田監督はこの映画を東日本大震災の前に企画していた。クランクインする手前で、大惨事が起こり、原発メルトダウンという歴史的な事件に遭遇して、製作を延期した。3・11以後の東京を、あるいはこの国を描くためには、新たに脚本を書き直さないといけないと思ったそうだ。

科学技術の進歩を、諸手を上げて祝福する時代は過ぎた。戦後の日本はどこかで失敗したという思いと、どこに向かって歩み出せばよいのかと、まだ迷い続けている私たちに、今を生きる家族を通して、大きな共感の笑いと涙を届けたかったそうだ。

次男が恋人に巡りあったのは、ボランティアで行った福島の被災地だったと、母親に話す場面があった。震災を経験したことで、不安や焦りや恐れなど、打破しきれないことが多くなり、より家族の絆が深まってくる。この若いカップルのさわやかな存在が、未来への希望を表しているようだ。

もう一つ、島の古い家で、ひとりで暮らしていくことになる老父ではあるが、隣人が食事や洗濯の世話をしようと、積極的に関わってくる。ほがらかな少女が、お使いに再三やってきて、飛び跳ねるように軽やかに走り去る。近隣で助け合って生活をするという日本の好もしい習わしが、今、この時期に見直され、復活することへの示唆と受け取れる。これも監督がねらったことの一つだろう。

「感じのいい人」という言い方は、昔、何度も耳にしたと記憶しているが、最近ではほとんど死語に近い。はっきりしない言葉でありながら、微妙なニュアンスがある。蒼井優の演技にぴったりの表現で、私の心にも復活した。

印象に残ったシーンは、気持ちを相容れない次男に、頑迷な老父が、病院の屋上で、「母さん、死んだぞ」と、言うところだ。音楽効果もすごい。音楽担当の久石譲は、この台詞までは、いっさいピアノを使わなかったそうだ。

『東京物語』でこの場面に当たるのは、助かる見込みがないと聞いて、笠智衆の、「そうか……いけんのかあ」だった。この朴訥でシンプルな言いまわしが、計り知れない余韻を残していた。

『幸せの黄色いハンカチ』『武士の一分』『母べえ』そして、『男はつらいよ』シリーズなど、家族を描くことでは定評のある監督だが、『東京物語』の小津安二郎監督のカットを、随分盗んだと述懐している。自分より上手い人の真似をすることに、躊躇はしないとも言っている。これは、大先輩の小津へ捧げたオマージュなのだと思う。
特別ではない、どこにでもある家族の日々の数日を、ちょこっと切り取ったようなこの作品は、普遍的なストーリーで、何十年先になっても、観る人を感動させるのではないかと思う。山田洋次の代表作となることに、疑いの余地はない。

（二〇一三年二月）

こよなく晴れた日

「長崎は九日の今日、原爆の日を迎えた」の見出しに「万灯流し」の写真を添えて、夕刊の一面に、

――六十七年前の長崎は汗の滴る猛暑が続いていた。その日は、空に一片の雲影もない、底の抜けた青空だった。空の上と地上では天気が違って見えるのか、米爆撃機「ボックスカー」から見下ろした長崎の市街地は八、九割が綿雲で覆われていたという。偶然できた雲の切れ間を見つけて原爆を投下したと、米軍の記録は伝える。炸裂した原爆は街を一瞬にして地獄絵に変えた。七万人以上の命を奪った灼熱の爆風は悲劇の痕跡を信じられないほど広範囲にばらまいた――

と、あった。

広島と並んで長年にわたり、原爆投下の様子は聞かされてきたことではあるが、今年は別の感慨で受け止めた。

昨年（二〇一二）の十一月、「かくれキリシタンへの旅」と独断的に銘打って、天草、島原、雲仙を経て、長崎へと六日間の旅をした。天草四郎の原城跡や、雲仙地獄の殉教地、また、伝道師の隠れ家に集まって、祈りを捧げた枯松神社など、興味深い数々の場所を訪れた。なかでも、これだけは外したくないと念願にしていたのは、「如己堂《にょこどう》」だった。

天気には全く恵まれず、連日雨模様だった。前川清の「長崎は今日も雨だった」が、真実味を歌っているようで、妙に諦めがあった。ところが、その日は、こよなく晴れた朝を迎えた。

長崎市永井隆記念館は、浦上天主堂から、さして遠くない住宅地にあった。

鉄筋コンクリートの二階建てが目に飛び込んできて、思ったより立派なのが意外だった。道からやや広い階段があり、左に進むと記念館の前庭の隅に、「如己堂」はあった。爆撃で住むところを失った永井博士と子どもたちのために、友人知己が建てた小さな家だ。島根県の実家の、医院の赤瓦を、馬車と列車で運んできたとも聞く。

「己の如く隣人を愛せよ」との聖書のなかの教えから、博士自ら「如己堂」と名づけたそうだ。病室兼書斎とし、晩年の三年間を、誠一《まこと》と茅乃《かやの》の二人の子どもと過ごした家なのだ。いや家とは言いがたい。部屋と言うべきだろう。

粗末な木造建ての二方が、ガラス戸になっていて、中の様子を伺うことができる。東のガラス戸は、細い濡れ縁が、多分お手洗いへと続いているのだろう。たった二畳の家には、祭壇と小さな本箱があり、病床の博士の傍らで、本を読む無邪気な子どもの写真が飾ってある。畳の上にはマリア像が頭を垂れており、額に入った説明版が置かれている。もうそれだけでほとんど余地はない。この狭い空間に病の身を横たえ、熱や痛みと戦いながら、十五冊もの本を書き、平和運動に貢献したのを思うと、心の底から惻惻と胸を打つ。

永井隆は、明治四十一年島根県松江市で生まれる。長崎医科大学（現在・長崎大学医学部）に進学。大学卒業の頃、急性中耳炎を患って耳が不自由になり、聴診器を使えないのを恐れ、内科医をあきらめ、放射線医学を専攻した。

二十六歳で、下宿をした森山家の一人娘の緑と結婚。森山家は潜伏キリシタンの頃から、代々組織のリーダーを務め、緑の曽祖父は、牢獄殉教したと伝わる家柄で、熱心なカトリック信者だった。

彼女から借りた一冊の聖書をきっかけに、彼は洗礼を受けた。一男三女をもうけたが、長女と三女は夭折。その間に日中戦争に軍医として従軍。帰国後、助教授、医学博士になったが、当時、結核予防の集団検診が増加し、フィルムの不足も手伝って、直接透視で検査をしており、放射線を過量に受けて被曝。慢性骨髄性白血病と診断された。余命三年の宣告をうけたのが、昭和二十年六月、三十七歳のときだった。

その同じ年の、八月九日午前十一時二分、原爆投下。その瞬間を、彼はその著書『長崎の鐘』に、このように書いている。


病院本館外来診察室の二階の自分の部屋で、私は学生の外来患者診察の指導をすべく、レントゲン・フィルムをより分けていた。目の前がぴかっと閃いた。まったく青天のへきれきであった。爆弾が玄関に落ちた！　私はすぐ伏せようとした。その時すでに窓はすぽんと破られ、猛烈な爆風が私の体をふわりと宙に吹き飛ばした。私は大きく目を見開いたまま飛ばされていった。窓硝子の破片が嵐にまかれた木の葉みたいにおそいかかる。切られるわいと見ているうちに、ちゃりちゃりと右半身が切られてしまった。右の眼の上と耳あたりが特別大傷らしく、生温かい血が噴いては頸《くび》へ流れ伝わる。痛くはない。目に見えぬ大きな拳骨が室中を暴れ回る。寝台も、椅子も、戸棚も、鉄兜も、靴も服もなにもかも叩き壊され、投げ飛ばされ、掻き回され、ががらと音をたてて、床に転がされている私の身体の上に積み重なってくる。埃っぽい風がいきなり鼻の奥へ突っ込んできて、息がつまる。私は目をかっと見開いて、やはり窓を見ていた。外はみるみるうす暗くなってゆく。ぞうぞうと潮鳴のごとく、ごうごうと嵐のごとく空気はいちめんに騒ぎ回り、板切れ、着物、トタン屋根、いろんな物が灰色の空中をぐるぐる舞っている。あたりはやがてひんやりと野分《のわき》ふく秋の末のように、不思議な索莫さに閉ざされてきた。これはただごとではないらしい。

かなり冷静に、事実だけを記録した文だけに、返って悲惨さが想像できる。爆心地から七〇〇m以内の近距離にあった大学病院では、教官、職員、学生の犠牲者は九百人、患者も二百人が亡くなった。彼は右側頭動脈を切断し、多量出血で何度も気絶しながらも、運び込まれる被爆者の救護に当たったった。

白血病で余命幾年もないと診断された日、総てを妻に打ち明けた。そんな運命をかねてより覚悟していたのか、彼女はしっかり受け止めてくれて、嬉しかったと、博士は『ロザリオの鎖』に書いている。

八月八日の朝、緑さんはいつものように、にこにこ笑って夫の出勤を見送った。お弁当を忘れたことに気づき引き返したら、思いがけなくも、彼女が玄関で泣き伏しているのを見た。それが妻を見た最後になった。その夜、防空当番で教室に泊まった。九日、救護中に出血のため畑で倒れた。その時、妻の死を直感したと記されている。たとえ深い傷を負っていても、命のある限りは這ってでも、必ず夫の安否をたずねてくる、そんな女性であったからだ。

三日後、一段落したので夕方に帰宅した。ただ一面焼け灰だった。台所あたりで黒い塊を見つけた。それは焼き尽くした中に残った、骨盤と腰椎だったそうだ。かたわらに十字架のついたロザリオの鎖が残っていた。焼けバケツに妻を拾って入れた。まだぬくかったと、愛別離苦を淡々と綴る。

記念館の中央には、「永井博士の生涯」の展示板が、絵巻物風に中央に走り、写真が沢山使われている。その短い一生が、どんなに波乱万丈だったかが如実に理解できる。

職業病である白血病の上に、さらに放射能を浴び、手のひらより小さい筈の脾臓は、妊娠十カ月ほどの大きさに膨れあがった。前から、横から、撮ったお腹の写真が展示されている。医者であればこそ、後進の参考にとの思いだったのだろう。

ヘレン・ケラーが、前触れもなく如己堂に現れた時、ケラーさんの手が空気の中をしきりに、私の手を探し求めながら近づいたという、その時の写真。昭和天皇が医大病院の病床を見舞われて、「どうか早く回復するように祈ります」と、言葉をかけられた時の様子など。なかでも、心ふさぐのは、緑夫人の亡骸の傍で拾われた、形見のロザリオだ。焼け爛れて溶け、塊となってしまったが、残ったサンゴの赤い色は、魂の輝きのように思える。緑色の布の上にそっと置かれて、展示ケースにあった。

記念館の受付で、茅乃さんの安否を尋ねた。

私は、まだ小学校にはあがっていなかっただろう。茅乃さんは一歳上なので、私は幼稚園児だったかも知れない。母が新聞から目を上げて、茅乃さんの話をしたのだった。初めての給食を器に入れたまま、病床の父のために持ち帰ったとの記事。母が感動したことを私に伝えようとしたのだ。その時のことが大人になっても、ずっと心に残っていた。

そして二十五年前、茅乃さんが『娘よ、ここが長崎です』を、くもん出版から刊行されたとき、彼女は京都府八幡市に住まいされていた。私は当時、隣の市の宇治に居たので、彼女の講演を聞く機会を得た。奇しくも、時を経てお目にかかれるなんて。それ以来、いつか如己堂を訪れたいと、思い続けていたのだった。

しかし聞けば、彼女はもう四年前に、六十六歳で他界されていた。肝細胞癌だったそうである。原爆投下の日は幸いに、十歳だった誠一さんと共に、祖母の家に疎開していて命はあったものの、すぐに被爆地に入ったため、影響を受けての早い死であった。兄の誠一氏は、記念館の館長を勤められていて、四十三歳で逝った父の倍は生きたいと、言われていたそうだが、それは叶わず、茅乃さんと同じ六十六歳で、亡くなられたそうだ

『この子を残して』のなかに、例の給食の話が載っている。

一年生は帰ったのにカヤノだけはまだ来ない。どうしたのだろう？　入学してから三週間目だから、まだ居残って特別の用事があるはずもない。けがでもしたのなら学校はついそこだから、だれかが知らせてきそうなものだ。（略）「ただいまっ」といつもの元気のいい声がした。しかし今日に限って、ばたばた駆けこんで来ない。（略）カ

ヤノが庭にはいって来た。両手に何か持って、一心にそれを見つめ、すり足でしずかにしずかに歩いてくる。（略）ようやく私の病室にたどりつき、おえんがわに両手に持ってきたものを置いたのを見ると、学校給食のおわんである。カヤノはおえんがわに上がり（略）、たった二、三歩のところをすり足で、おわんが揺れないように用心ぶかく私に近づいてきた。私は手をのばした。その手におわんを無事手渡したとたん、カヤノの鼻から大きな息がもれた。これまで息もつめて来たのだろう。（略）おわんの中を見ると、こぼれずに残った、わずか二口足らずのパイン・ジュースが入っていた。「今日の給食はネ、ひと口いただいてみたら、とてもおいしかったもんだから…、さあ、お父さん、おあがりよ、おいしいのよ」（略）

なんと、素晴らしい小学一年生だろう。父の利他のこころが、すでに子どもに伝わっている。

子どもを残して去った後、孤児になる二人の行く末を、どれほど案じ、どれほど哀れんでいたかは、同じ著書に延々と書かれている。しかしお二人の晩年を垣間見れば、父の精神と偉業を受け継ぎ、美しく謙虚な人生を送られたようだ。

記念館を出るころになって、空は雨雲に覆われてきた。朝の晴天はどこへ逃げたのだろう。浦上天主堂に向かって静かに歩いた。

今年の広島・長崎の平和式典に、被爆者団体の招きで二人のアメリカ人が参列した。一人は、原爆を投下した米軍B29爆撃機二機の両方に搭乗した、レーダー技師の孫にあたる二十四歳の若者。他の一人は、投下命令を下したトルーマン大統領の孫（五十五歳）だ。

「被爆者の話を伝えていく責任を感じた。二度と起きないよう米国の若者にも興味を持ってほしい」と、インタビューに答えていたけれど、被爆体験のない私でさえ、何かすっきりしないものを感じるのは否めない。

（二〇一二年八月）

日本に捨てられた男

いつかまた、フランスに旅をするチャンスがあったら、ぜひ行ってみたいと、ずっと思い続けていた町がある。パリの東北東一四二km、シャンペンの本場、ランスだ。ドイツとの国境近くの町、ストラスブールに滞在中だった今年の五月、ついに念願を果たす日がきた。

日本の新幹線に当たるTGVで二時間余り、牧草地帯を走って、ランスの駅に降り立った。雨だった。広々とした駅前広場の並木は、緑がしっとりと濡れて、落ち着いた町の雰囲気が感じられた。駅横の観光案内所には、他の客の人影はなく、ひっそりとしていた。日本語の市街地図があったことが、私を少し高揚させた。それには、「チャペル・フジタ」の表示がちゃんとあった。それは、駅からさして遠くではなかった。

画家、藤田嗣治のエッセイ『腕《ブラ》一本　巴里の横顔』（近藤史人編）を読むきっかけは、あるテレビ番組で、ランスの町に建てられたチャペルを、訪ねる場面を見たことだった。続いて、近藤史人著の『藤田嗣治「異邦人」の生涯』で、さらに彼の人生に触れるうち、いつかその教会を見てみたいという強い願望が、心のなかで大きな渦をつくっていた。

地図を片手に東へと進むが、道路名のプレートがない道もあり、右往左往しながら三十分は歩いただろうか。整備された美しい道路に面して、瀟洒《しょうしゃ》な礼拝堂は建っていた。可愛い十字架を戴いた小さなアーチをくぐると、芝生を敷き詰めた庭の向こうに、小ぶりで形のいいチャペルが、まるで置物のように座っていた。積み木を積んだような石組みの裾に、赤みのかかったレンガが組み込まれていて、折からの雨で、一層深みを帯びていた。両脇がゆるやかに広がった、入母屋風の屋根の先端を切って、二つの小さな鐘を擁するシンプルな鐘楼が、空に突き出ている。その上に風見鶏が立っている。低い塔だが、それがファサード（建物の正面）の威厳を示している。

見学は二時からと案内書にあったけど、管理人らしき初老の男性が、扉を開けようとしている。受付のテーブルにチケットや絵葉書を並べながら、少し早いけど入ってもいいと、ぶつぶつとつぶやくように言った。私たち夫婦二人のほかに、学生らしき日本人と、観光バスの発車まで数十分しかないが走って来た、というご夫婦との五人が堂内に入った。

このチャペルの正式な名前は、「ノートル＝ダム・ド・ラ・ペ（平和の聖母）礼拝堂」だ。一般には「チャペル・フジタ」とか「フジタ礼拝堂」で通っている。入り口から奥までは、ほんの一〇m位だろうか、小学校の教室ほどの広さだ。正面祭壇の『キリストを抱く聖母』の絵が、一番に目に飛び込んできた。この絵がチャペルの名の由来か、それともフジタ自身が、チャペルの名にふさわしい絵を、正面に描いたのだろうか。

キリストの生誕から十字架での死、そして復活に至る物語が、両脇の翼《よく》にも、入り口のドアの上にも、壁という壁にぎっしり描かれている。彼独特の乳白色とは異なった青の映える絵だ。二〇〇㎡に及ぶ面積を埋め尽くしている壁画は、すべてフレスコ画だという。

何十年も前にバチカン市国の、システィーナ礼拝堂で観たミケランジェロの『最後の審判』が、後になって、フレスコ画だと知ったが、どんなものなのだろうか。

漆喰《しっくい》は、世界遺産である姫路城の壁でお馴染みだが、先ず漆喰を塗り、それが乾かない新鮮なうちに、（ちなみに、フレスコはイタリア語で新鮮の意味だそうだ）水で溶いた顔料を乗せていく技法だ。生乾きの状態で描かないといけない上、やり直しが効かないので、高度な技術力と計画性が必須である。漆喰に含む石灰の結晶が、顔料の粒を閉じ込め、色が長時間保たれる。耐久性があり、数千年も変わらないと聞く。

フジタはなぜ、この過酷を強いられるフレスコ画を選んだのだろう。近藤の本によると、かねてから、ヨーロッパが生んだすべての絵画のジャンルを、手がけたいと願っていて、残されていたのは、中世やルネサンスの教会を飾るこの技法だけだった。それが彼の最後の目標になったそうだ。

七十九歳だった彼は、自らの手で礼拝堂をつくることを、人生最後の仕事にしようとした。おそらく死に場所にしようと思ったのだろう。綿密な設計図に建築材料まで書き込み、協力してくれる建築家を探した。

「気品があり、高貴で、おごそかで、オリジナリティとパーソナリティーに富み、それでいて、つつましく気取らないものにしたい」と、ようやく見つけた建築家のモーリス・クロジェに、手紙を書いている。

建築用地を探していたとき、スポンサーで友人だったルネ・ラルーが、土地を提供したいと申し出た。ルネは、一代でシャンパン会社「マム」を築き上げ、「ランスのシャンパン王」と呼ばれた、立志伝中の実業家だった。フジタと妻の君代が、ランスノートルダム大聖堂で洗礼を受けたときに、代父を務めたのも彼だった。フジタは、彼の熱意に打たれ、洗礼を受けた町でもあるので、ランスにチャペルを建てる決心をする。

一九六六年六月に建築が完成すると、満を持してフレスコ画の製作に取りかかった。二年も前から何枚もデッサンを描き、構図も綿密に検討していた。朝、手をつけた画面を、途中では中止できないので、一度筆を下ろすと、夜の十一時近くまでかかることも多かった。漆喰からしみ出る湿気が、八十歳近いフジタを苦しめた。しばしば下腹部の痛みを訴えたそうだ。緊張と肉体の疲れから、食事が喉を通らず、夫人が昼食にだけでもレストランに連れ出したいと願ったが、彼は、決して現場を離れようとしなかった。絵を描くことに集中するフジタには、鬼気迫るものがあり、何かに憑かれているように見えた。長い結婚生活のなかでも初めてのことだったと、夫人は語っている。製作中のインタビューは断り続けたが、一度だけ地元の新聞記者の取材に応じ、心境を穏やかな顔で、

「この季節は、私の人生の中で、最も素晴らしいひとときです」と、答えたと言われる。

作業を始めて三カ月後に、壁画は完成した。それは常識では考えられないスピードだった。まして、高齢の彼にとっては奇跡に近い技だった。秋に完成したチャペルはランス市に寄贈された。

その後は、死の道を一直線に進んだ。膀胱癌の診断が下され、パリの病院を転々としたが、治癒の見込みは立たず、スイスのチューリッヒ州立病院に転院する。チューリッヒ湖のほとりの病室で、窓辺にくるカモメに餌を与えるときだけが、痛みをしばし忘れ、心なごませるひとときだったそうだ。一九六八年(昭和四十三年)一月二十九日、凍てつく寒さの日に、八十一歳の生涯を閉じた。

洗礼を受けたランス大聖堂での葬儀は、盛大で、パリ国営テレビのニュースは、こぞってフジタの死を報じ、「モンパルナスの歴史は、こうして少しずつ死んでいく」と、深い哀悼の意を示したそうだ。

二カ月後、日本政府は、勲一等瑞宝章を授与することを決定した。それは、遅きに失したと、思う。彼は望郷の気持ちを抑えて、常に日本に憧れ、名誉回復を切望していたのに。せめて命のある内に、何故できなかったのかと、怒りさえ覚える。

遺骸は一旦、パリ郊外の終の棲家近くに埋葬されたが、後に、このチャペルに移され、右手翼の『最後の晩餐』の絵の下で眠っている。そして、二〇〇九年に九十八歳で亡くなった夫人も、彼のもとに葬られた。その小さな祭壇には、レオナルド・フジタ、キミヨ・フジタと横文字で彫られており、折鶴が供えられていた。洗礼名に、慕い続けたダ・ビンチの名を頂いて以来、レオナルド・フジタと名乗っていた。この祭壇絵はダ・ビンチを意識して製作したのだろうと思うが、バックの青の色が一段と美しい。

よく観れば、正面の『キリストを抱く聖母』の、祈りを捧げる人たちのなかに、両手を胸で交差させて跪く夫人の肖像がある。足元に、白い絵の具の「ＫＩＭＩＹＯ」の文字が読める。目立たぬところに、そっと愛妻の姿を描いたフジタの気持ちが、分かるような気がした。

また、入り口の真上にある『キリストの磔刑図』の右側に、自分自身をスポンサーのルネ・ラルーと共に描きこんでいる。独特のおかっぱ頭とまるい黒縁の眼鏡で、紛れもなく彼だと一目で分かるが、晩年を思わせる白髪だった。事実上、これが最後の自画像ということになる。ミケランジェロも、あのシスティーナ礼拝堂の『最後の審判』の地獄の部分に、自身を描き込んでいるので、これは、画家の特性であり、ユーモラスなことでもある。

左翼には、シャンペンの樽に腰掛け、右手で葡萄の房を提げている聖母像を描いている。ランスの特徴を出そうとしたのだろう。またマム社に気を使ったのかとも思う。この斬新な図柄を描くに当たって、フジタは法王に許可を取ったと言われている。

あちこちに配された縦長のステンドグラスは、フジタが下絵を描き、ランス大聖堂のシャガールのステンドグラスを仕上げた、名匠シャルル・マルクに託された。チャペル奥の左右には、広島の原爆を意識したデザインがある。彼は画家として従軍し、苦い経験をしたので、戦争の悲惨さは、身にしみていたのだろう。

何故、フジタは祖国を捨てて、フランス国籍をとり、ここに没したのだろう。彼の生い立ちを追ってみたい。

一八八六年（明治十九年）に、四人兄姉の末っ子として現在の東京都新宿区で生まれる。もと家老（房州長尾藩本多家）の家柄の父は、後に陸軍軍医総監にまでなった人物であり、家庭は裕福であった。ところが、藤田が五歳のときに、母が死去。姉に添い寝を求めることもあったそうだ。代々家に伝わる葛飾北斎や為永春水の絵を、飽くことなく眺めるのが好きだった。
十二、三歳の頃、終生画家となって身を立てたいと思ったが、父に言い出せず、自筆の手紙に切手を貼って投函した。それを読んだ父は、黙って不似合いな五十円という大金を手渡してくれた。飛び立つように喜び、直ちに文房具店に駆けつけて、絵の具など材料を買い求めた、と自身の著書に書いている。

十九歳で東京美術学校に入り、西洋画を学ぶ。

二十六歳で、女子美術学校出の鴇田《ときた》とみと結婚する。

翌年、三年の約束で単身フランスに留学。ピカソに会い、モディリアニやスーチンと暮らす。酒と女にどっぷりつかった、破滅的な芸術家振りが噂された。実際には、酒は一滴も飲まず、女にも誠実に付き合っていたが、破天荒な数々のエピソードに乗っかるように、わざと乱痴気騒ぎにうつつを抜かしたりした。しかし、絵だけはしっかりと描いていた。その頃、お金不足で床屋に行けず、あのトレードマークのおかっぱ頭になったらしい。

やがて、第一次世界大戦が勃発。ロンドンに一年間避難。とみとは離婚。父に留学の継続を願う手紙を書く。

その後、三十一歳、四十三歳、四十五歳のとき、それぞれ三人のフランス人との結婚、離婚を繰り返す。生涯五回の結婚をするが、これは幼くして母を失ったため、女性への愛の渇望があったのではないかと言われている。

三十九歳のとき、『舞踏会の前』という絵で、フランスの最高勲章であるレジオン・ドヌール賞を受けている。

四十三歳のとき、二番目の妻ユキを伴って十七年ぶりに帰国。父に会うことと、絵の販売が目的だった。個展は盛況だった一方で、美術界からは、激しい反発があった。新聞に「パリで余り我がまま過ぎるとアンチ藤田運動起こる」「パリ人が非常な反感を持っているので、逃げ帰ってきたが、日本でも彼を迎えるものはいない」などの、屈辱的な記事が出た。しかし市民は、フランスで成功した日本人画家を、熱狂的に歓迎した。

五十歳で、五人目の妻、君代と出会い結婚。彼女は二十四歳年下だったが、心から藤田に尽くした。この結婚で、やっと平和な日々が訪れ、死が二人を分かつまで、三十年を共に生きた。

折からの戦争に従軍画家として現地に赴き、早描きの彼は、沢山の傑作を描いた。中でも『アッツ島玉砕』は高い評価を得た。帝国芸術院会員に推され、パリだけでなく日本でも認められ、まさに初めて日本画壇の寵児になった。しかし、長い生涯で、日本画壇に無条件で受け入れられたのは、この頃からわずか五年に過ぎなかった。

やがて、「描法は優れているものの、内面的な深まりがない」「他の画家があれこれ考えあぐねているのに、さっさと大作を処理するのは、戦争画に、何らかの意味を持たせようなどの考えがないからだ」と、早描きを非難されるようになり、「戦争そのものに無条件に共感する幼稚な戦争画家」のレッテルが貼られた。

戦争画は、藤田に二つのものをもたらした。

戦意高揚のためのプロパガンダという枠を突き抜けて、自ら、「最も快心の作」という傑作を得たこと。もう一つは、異邦人としての生涯を送らざるを得なかった藤田が、味わった束の間の「祖国との蜜月」である。と近藤は著書に書いている。

終戦になり、戦争画の展覧会をしたいとのGHQの要求に、藤田は、いいことだと賛成し、積極的に収集を始めた。それが誤解を生み、証拠隠滅を図っていると言われ、戦争責任は、人気を集めた藤田が負うべきだと、画家仲間から突き放された。結局画家は誰一人として、戦犯のリストには上らなかったが……。彼はどんな場合でも、相手を批判したり、罵倒したりができない性格の持ち主だった。やがて日本の画壇への幻滅が、日本との決別を決意させた。

夫人と共に、フランスに渡航の手続きをするが、査証が下りなかった。真相ははっきりしないが、画壇の権力者が、戦犯だと領事館に密告したようだ。マスコミもまた、「戦争画を書いた藤田にパリが復讐した」と書き立て、渡航失敗を笑った。戦争責任を追及されることを恐れて、逃亡したと噂されながら、アメリカに発った。

羽田空港で、

「絵描きは絵だけ描いてください。仲間げんかをしないでください。日本画壇は早く世界的水準になって下さい」の言葉を残し、全く恨み言を言わず、タラップを上って機上の人となった。そしてその後、祖国日本の土を踏むことは、二度となかった。

「藤田は日本に捨てられたのです」と、夫人は言う。

片時も側を離れなかった彼女に、藤田は何度も語ったそうだ。

「私が日本を捨てたのではない。捨てられたのだ」と。

一九五〇年（昭和二十五年）、パリに落ち着いて、個展準備をしていたとき、あらかじめ作品を見たいと、画商が突然現れた。今までにないことだった。日本の画商が、藤田の絵は、戦争中すさんで悪くなり、画風も変わって良くないと言って来たという。アメリカで描いた一枚を見せると、「いい絵だ。これだったら大丈夫だ」と、安堵して笑いながら帰ったそうだ。

「日本を離れることで、私は責任をとったつもりである。なのに日本の画壇はそのことを忘れようとしないばかりか、その上、作品まで中傷し、おとしめようとするのか」と、藤田は怒りにふるえたという。ここまでの陰湿ないじめは、彼の恵まれた境遇や、天真爛漫な性質への嫉妬があったのかも知れない。

まだある。日本出発前に、帝室美術館（現東京国立博物館）に『私の部屋、目覚まし時計のある静物』の寄贈を申し入れたが、拒否された。その絵は、『カフェ』と共にフランス近代美術館に迎えられ、今では同館の代表作品になっている。

生涯を通して、日本人であることを強く意識した藤田が、六十九歳のとき、「帰化」の決断を下した。彼にとっては、フランス人になることの方が、日本人でいるよりも好もしかった、との見方が大勢《たいせい》を占めているが、果たしてそうだったのだろうか。『帰化』という行為の目的は、フランス国籍を取得することではなく、むしろ、日本の国籍を捨てることにあったのではないか。日本と決別し、自由になれるのなら、新しい国籍はフランスでもアメリカでもどこでもよかったのではないか」と、近藤は言う。

未整理の遺品の箱の中に、古びた日本人形があった。「三十㎝ほどの大きさで、素朴な童女の顔立ちをしていた。若い頃から手元に置いてきたものだろうか、赤い衣装は手垢にまみれ、すり切れてぼろぼろになっている。その日本人形の胸には、フランス政府から授与されたレジオン・ドヌール勲章が、しっかりと縫いつけられていた」と、著書の最後に書き加えている。

自分の意思で日本を捨て、フランスに骨を埋める固い決心をし、晩年は子どもの絵をたくさん描き、平穏に穏やかに見えたフジタだが、故郷への熱い思いは決して衰えていなかった。古びた日本人形にフランスの勲章と聞くと、涙を誘われる。日本人でありたいという思いが常に心底にあり、そんな自身の鎮魂のため、命を賭してチャペルをつくったのかも知れない。

改めて、堂内を見渡すとそこここに、フジタの魂が生きているような、妙な気持ちに駆られた。フジタは、フレスコ画を描きながら、彼を慕う日本人が、何年も後までこうして訪ねて来ることを、想像していただろうか。今それを喜びとしているだろうか。壁の自画像に尋ねてみたが、その険しい眼差しは一点を見つめたままだ。

チャペルの外は、まだ雨が降り続いていた。私たちは無言のまま駅に歩いた。

（二〇一三年十二月）

おそらく花のおかげ

オランダに住んでいた三十三年前の夏、家族でパリに旅をした。観光の最終日に印象派館を訪ねた。この日をきっかけに、美術館巡りが、私の趣味のひとつになったと思っている。

立派な円柱をもつその館、「ジュ・ド・ポーム」は、市の中心にあるチュイルリー公園の、コンコルド広場寄りにあり、主に印象派の作品を集めた、ルーブル美術館の分館だった。

建物に一歩踏み入れると、真っ先に目に飛び込んできたのは、ゴールドの額縁に入った、エデゥアール・マネの『笛を吹く少年』だった。金ボタンの黒い上着に、赤いズボンの近衛兵鼓笛隊の姿で、横笛を吹く少年の絵だ。音楽の教科書の扉に載っていて、子どもの時から何度も目にしていた。これこそが本物なのだ、と思った途端、全身に強烈な戦慄が走った。これから観ようとする絵画は総て、画集や絵葉書などで憧れていたもののオリジナルだと考えると、夢のようで心が躍るのを覚えた。

もうひとつこの館での発見があった。

「好きな絵マイベストテン」に入るクロード・モネの、『日傘をさす女』が、何と二枚あった。風に向かって傘をかざす、右向きのはよく知っていたが、同じモデル同じ構図で、風に逆らい傘を背に置く、左向きのもう一枚があり、小ぶりの風景画を挟んで、向き合うように展示されていたのだ。この驚きが、モネへの関心をより募らせ、以来、彼のファンになっていった。

一九八六年、駅兼ホテルだったオルセー駅が、美術館として開館したとき、それらは総て移され、その三階が新たに「印象派の殿堂」となった。パリに行く度に、オルセー美術館は外したことはなく、毎回二枚の『日傘をさす女』に会っている。

数年前、三階の入り口正面に、マネの代表作『草上の昼食』があり、森に座った裸婦の白い肌に意表を突かれた。いつもマネには驚かされると可笑しかった。しかし、旧印象派館は、見たい作品がまとまっていて見易かったと、まるで幻ででもあったかのように懐かしく思い出す。

「マイベストテン」には、ドガ、ゴッホ、ルノアール、シスレーなどがあるが、ナンバーワンはやはりモネと言える。

世界随一のモネコレクションで知られる、マルモッタン美術館に行ったのは、二〇〇三年だった。パッシー通りのお洒落な高級住宅街を抜けて、ブローニュの森の近くの閑静な元公爵の邸宅が、美術館だった。

目指すは『印象　日の出』だ。一九八五年、マルモッタンは武装強盗に襲われ、九枚の名画と共にこの絵も盗まれたが、五年後に、無傷で戻った奇跡の絵だ。地下の展示室に、何点ものモネ作品と共に並んでいた。京都の近代美術館の「モネ展」で観て以来、二十年振りの再会だった。

館内は、制服の監視員が数人うろうろしていて、威厳のある風情だった。カメラについてはかなり大様なフランスだが、ここでは作品の撮影は禁止だった。やはり過去の盗難事件が尾を引いているのかもしれない。

『印象　日の出』は、幼少期を過ごした町の、港の夜明けの美しさを、その感動を感じるままに描いたもので、絵の具本来の質感を生かした、新しい技法を模索中だった三十二歳の時の作品だ。普遍的な理想美を、完成した形で表現するのが、良い絵画だと、信じていた当時の批評家たちは、展覧会に出されたこの絵を、「単なる印象を描きとめた未完成作品だ」と、こぞって酷評した。そして、モネとその仲間たちを揶揄して、「印象派」と言った。結果的には、この一枚の絵が、印象派絵画の誕生を宣言し、近代絵画史に偉大な足跡を残すことになった。

縦四八㎝、横六三㎝で、たいして大きなものではない。昇り始めた太陽が水面に照り返る様を、オレンジ色の横線で荒っぽく表現している。思いの外、太陽は小さく描かれている。船を漕ぐ人影も、ぼんやりとシルエットになって漂い、全体として輪郭がはっきりせず、大まかな筆使いだと言える。しかし動くものを瞬時に捉えているので、空気の揺らぎや、刻々と変わる海面などを、観る人に想像させる。じっと対峙していると、光を追い求めた画家の心情が、少し解るような気分になる。

この館には、モネのほかに、大好きなベルト・モリゾや、カミーュ・ピサロなどがリビングや階段に並んでいて、建物の内装も興味深く、半日をここで過ごした。

モネを語るのに、ジヴェルニーの「モネの家」を欠かすことはできない。パリから約八〇㎞西、セーヌ川沿いの小さな村を訪れたのは、一九九〇年四月だった。

四十三歳でここに居を移し、八十六歳で世を去るまでを過ごした家だが、貧しい画家と認識していた私には、その豪華さが眩しかった。蔦が覆う淡いピンクの外壁に緑の窓枠。リビングはイエローを基調にし、その壁には、広重や北斎の版画が、壁面にぎっしり架かっている。隣にはブルーのタイルを張りめぐらした、おしゃれなキッチン。ひとかけらのパンにも事欠く生活で、モデルが雇えなく、代わりに妻カミーュを描いていた時代からは、とても想起することはできない。その貧困の中で、三十二歳の若さの彼女を亡くしている。後に、失踪した元パトロンの夫人で、六人の子持ちのアリスと、この地で再婚することになるのだが。

だんだんと画家としての評価が認められ、大家として扱われるようになると、道路を隔てた隣接の土地を、買い増したそうだ。その道路下のくぐり戸を抜けると、あの『睡蓮』の舞台となった、日本庭園が広がっていた。

窓枠と同じ緑に塗られた太鼓橋。池には睡蓮があちこちに大きな葉を広げ、周辺には色とりどりの花々が、自然なかたちで植えられている。花壇の細い通路には、蔓の絡まった緑色のアーチが、連続してかけられている。庭師が一人、腰をかがめて枯れ花を採っていた。こうして絶えず手入れされているからこそ、この光景が保たれるのだろうと納得した。この「モネの家」は、厳しい寒さの冬は閉じられるそうだ。

浮世絵の収集でも解るように、モネは日本贔屓《にほんびいき》だったので、桜や柳、アイリスやつつじ、牡丹でさえ手にいれた。絵を描いていない時は、常に庭で花の手入れに勤しんだそうだ。「おそらく私は花のおかげで、画家になれたのでしょう」と、言っていたと聞く。庭の奥にアトリエの建物があった。真っ白な長いあご鬚に、鍔の広い日除け帽子をかぶった、実物大の写真を囲むように、いくつかの作品が事もなげに置かれていた。

『睡蓮』は彼の象徴となり、今では代名詞のように使われている。それもその筈、二十年余りで、約二〇〇点を製作したそうだ。

初めは、太鼓橋と睡蓮の池を描いていたが、次第に花の浮かぶ池だけを画面いっぱいに表現するようになり、やがて、水面に映る空や木々が渾然となった、朦朧とした絵に変化していく。それは、白内障を患い失明寸前だったこともあるらしい。しかし、抽象画に近づいた最晩年の絵も、八十歳を越えた人を感じさせない迫力がある。

妻アリスと長男ジャンの最愛の家族の死。ますます弱まる視力。そんな苦悩のなかで、睡蓮の連作で、部屋を飾りたいという最後の夢が、彼をふるい立たせた。嫌がっていた眼の手術を受け、八点の睡蓮を仕上げた。画業の集大成のそれらを展示する場所は、生前自ら選んだという。

彼の死後、ナポレオン時代のオレンジ栽培の温室が、オランジュリー美術館としてチュイルリー公園に開館した。ガラス屋根から外光が射し込む円形の展示室「睡蓮の間」には、青色に囲まれた静謐な空気がながれ、常に鑑賞者が絶えないそうだ。

ところが私は運悪く、パリに行く度に、工事中だったり、休館日だったりで、まだ訪れる機会に恵まれていない。想像の空間は心で大きく膨らみ、一層モネに魅せられていく。

（二〇一一年九月）

死を見つめ続けた画家

初めての街に降り立つと、先ず、美術館を訪ねるのが、最近の私の旅のかたちになっている。

スイスのチューリッヒでは、アルプスの画家といわれるジョヴァンニ・セガンティーニの絵が見たくて、市立美術館に行った。市民の力で設立され、百年を経て今では八万点を超える収蔵品を誇る美術館だ。二階がスイス美術の展示室になっていた。二階へのアプローチの階段を上がった右手の壁に、セガンティーニではないが、こころに残る大きな絵があった。十年も前のことである。

ラピス・ラズリ（瑠璃）色の、足首まであるドレスを着た五人の女性が、ほぼ一列に並び、両手を腰辺りに広げて、それぞれに意味深長な表情の顔を、空に向けたり、傾《かし》げたり、はるかかなたを見つめたりしている。子どもの時、「はじめの一歩」という遊びがあった。「だるまさんが転んだ」と鬼が数をよみ、振り向いた瞬間、全員が一斉にその姿勢のまま固まった。動くのを見つかると、鬼になる。そんな遊びを連想させる一瞬の動作を、切り取ったような構図だ。バックの色が黄色で、ドレスとは補色となり、余計に強烈な印象を受けた。

初めて知ったスイスの画家、フェルディナント・ホドラーの、『無限への眼差し』という壁画であった。後になって知ったことだが、四m×七mのこの大きな絵は、完成までに八年を要し、亡くなる年に完成した。悲しい出来事をこころに秘めながら、繰り返し美術館に通い、修正の筆を加えたそうだ。

スイス国交樹立百五十周年記念の今年、「ホドラー展」が、東京の国立西洋美術館に来た。東京までも行きたい気分だったが、巡回して、神戸に来るとのニュースを聞き、心待ちにしていた。

風の強い寒い日だった。海辺に近い兵庫県立美術館は、いつも、屋上から緑色の手を垂らしている、シンボルのオブジェ「美かえる」が、風にあおられて、へしゃげていた。

切符売り場のロビーに、二重の板で立体像になった、『感情III』が置かれていた。ほぼ、人のサイズにしてあって、立体の間に入って、写真が撮れるようになっている。見たい目玉作品だったが、突鼻に、まだ会場に入らない前に、全くの贋物《がんぶつ》を見せられるのも良し悪しだと思ってしまう。面白い趣向ではあるが。

『感情Ⅲ』は、女性四人が一列になって、花畑の中を右方向へ歩いている。やはりブルーの衣装を纏っているが、これが、先の壁画とは異なり、シースルーなのだ。肩があらわで、四人目の女性は手に持った布を胸に押し当てているだけで、ほとんど裸だ。ともに横顔で、はっきりと表情はよめないが、ある目的をもって、目標に向かって行進しているように見える。明るくて、優雅でもある。

十年前にチューリッヒで見たものといい、この作品といい、静止はしているが一定のリズムのような動きがある。これが画家の特徴かと思うと、これから見る九十点が、とても楽しみになる。

最初の展示物は、二十歳の頃の画家の顔だった。他に、自画像は二点あり、当初のタイトルが『狂人』だったという『怒れる人』は、鋭い眼から眼球が飛び出すかに描かれていて、見る人と視線が会うのが興味深い。晩年のものは、バックの両脇に花を描き入れて、顎鬚を蓄えた穏やかな表情だ。六十五年の生涯で、百点もの自画像を残したのは、絵で自伝を表そうとしたのではないかと、思われている。

『死した農民』は、死体に関心を持ち、知らない人だというのに頼んで描かせてもらったという、二十三歳の時の作品だ。観る者を慄《おのの》かせるが、空《から》になった肉体を描くことで、消えるものを留めておきたいという願望があったようだ。当時としては斬新な試みだった。

死への関心は、彼の生い立ちに由来する。

一八五三年、スイスのベルンで、六人兄弟の長男として生まれる。父は貧しい大工だったが、七歳の時に死去。再婚した母も十四歳の時亡くなり、相次いで兄弟すべてを、父母と同じ結核で失った。三十二歳で天涯孤独の身となる。母や兄弟たちの遺骸を手押し車で、貧窮院から自ら運んだと、回想録で語っている。

母の再婚相手は、看板描きだったそうで、器用な彼は、それを手伝っていたが、絵に興味が沸き、風景画家に弟子入りをする。当初は師の手本を模写して、みやげ物用にありふれたスイスの風景を描いていた。やがて、自然や人間をありのままに描くのではなく、その内奥《ないおう》に潜む神秘を象徴的に描く、いわゆる象徴主義画家、加えて装飾的な画風の持ち主として、世に認められるようになる。

十九世紀末から二十世紀にかけての、世紀末後期の不安定な時代に生き、ウィーンのグスタフ・クリムト、パリのギュスターヴ・モローなどと、同じ時代に活躍したが、終生、スイスから出なかった国民的画家である。

『オイリュトミー』は、ギリシャ語で、リズムとか、よきリズムという意味だそうだが、これをタイトルにした、四十歳ぐらいのときの特徴的な絵があった。五人の老いた男性が白衣を纏い、落ち葉の晩秋の道を並んで歩く。それは死への接近を意味するが、死があるからこそ、生が躍動して、それぞれのリズムを持つのだと、彼が語るように、たしかに、老人の表情が、そんなに暗くなく、希望があるかにも見える。

それと対象的なのが、ロビーで見た『感情III』だ。こちらは、全面赤い花で埋め尽くした園を、四人の女性がリズミカルに歩く。方向が、『オイリュトミー』と正反対になっているのも、生と死を象徴するようで興味深い。

これらは、反復画（パラレリズム）に目覚めた作品で、彼はその描き方を好んだ。形の反復が生む力強さが、死に向かうものも、生へと転換するのかも知れない。

『恍惚とした女』は、展覧会のチラシになっているが、鼓動を打つように描いたと表現されている。『遠方からの歌III』『昼III、祈る人』なども、身体や手の動きが独特だ。

彼自身、人間の身体の運動と均衡を研究し、リズムを発見したと言っている。生き生きとしてリズムを感じる反面、どこかで天国に繋がるというか、死の匂いがぬぐえないのを感じるのは、私だけだろうか。ここでIIIとあるのは、I、IIがあっての三番目で、彼は同じテーマで何枚かを描いている。これも反復、パラレリズムなのだろう。余談だが、Iはなかなか所有美術館が貸し出してくれないらしい。IIも然り。

自然のなかにも、リズムがあると考えて描かれたのが、『ミューレンから見たユングフラウ山』だ。ごつごつした山肌が、ブルーや緑そしてピンクなど、何色もで塗られていて、静なる山が今にも動き出しそうだ。静と動のせめぎ合いが、愉快気にリズムを奏でている。ただ変哲もない山だけの絵だのに、生命を持ったものに見える。この時代にはなかった描き方だったようだ。また周りを覆う白い雲が、実に有り得ないような形なのが不思議に興味をそそる。

この絵を模写した有名な画家がいる。東山魁夷だ。丁度、京都の美術館「えき」でのコレクション展に出ているというので、所用のついでに観て来た。

ホドラーのよりは、少し小ぶりの絵だが、ほとんど同じように見えた。魁夷は、二十五歳のとき、アルバイトで蓄えたお金で、二カ月の船旅の後、ドイツ留学を果たした。

約二年間の滞在中に、ジュネーブの美術館に行き、この絵に出会ったのだろう。ホドラーの描いた草原風景や、水面に投影する光景は、その後の発想源になったと、解説されていた。彼はどんな思いで絵を写したのだろう。見たこともない色使いや生きた山に、圧倒されたのかもしれない。

神戸の展示の最後は、晩年の作品群だった。

青いドレスを好んで描いた彼が、赤いドレスの女性を描き始めた。『恍惚とした女』や『悦ばしき女』のモデルになった、ヴァレンティーヌ・ゴテ・ダレルとの出会いだ。彼は五十五歳になり、スイス紙幣のデザインを描くまでになり、ウィーンやパリのサロンで認められ、画家として揺るがぬ地位を得て、順風満帆の日々だった。ふたりは、二十の歳の差を越えて恋に落ちた。

『悦ばしき女』のヴァレンティーヌは、足と手を大きく開いて、上半身を右にくねった後ろ姿で、その横顔も健康そのもの。モダンダンスを踊っているような動きに、喜びが溢れているようだ。そんな活発な女性だったのに、癌に侵されていた。その頃、彼は前述の『無限への眼差し』の壁画に、挑戦していた。

彼女の闘病生活の過程を、一二〇枚の素描と十八点の油彩画に描きとめた。それは、愛する人の痛みや苦しみを克明に記した、ドキュメンタリーそのものだった。日付まで書き込んでいる。

生命をかけて、病のなか四十歳で娘を出産した。病床で赤ん坊を胸に置いた絵や、ベッドの側らのゆりかごのスケッチは、見る者の涙を誘う。刻々と変わり行く彼女の顔の半面を、線で塗りつぶした心情は、容易に汲み取ることができる。

「この美しい頭部、このすべての指、この口、そして眼、これもだ、この素晴らしい瞳……総ては虫喰われてしまう。何ひとつ残らない。ほんとうに何もかも……」と、悲哀をこめて、彼は綴っている。

極めつけは、息を引き取った翌日に、亡き骸を写生した『バラのなかの死したヴァレンティーヌ』だ。やせ細った手を胸に組んだ変わり果てた大切な人に、彼は、周りにバラの花を描き添えた。

なぜこのような悲劇を、創作の源泉にしたのだろうか。愛する人の姿を永遠化するためなのか。それとも、描くことに悲しみを封じ込めようとしたのか。画家の性《さが》が、病み衰えゆく様子さえも、被写体と見てしまったのだろうか。瀕死の彼女を見守りながら、同時に、あの壁画の健康な女性像を製作していたことは、驚愕に値する。

それから三年後、彼は病を得て、自室から出られなくなり、窓から見える景色を繰り返し描いた。『白鳥のいるレマン湖とモンブラン』には、湖の手前に六羽の白鳥を、例のやり方で、一列に並べた。左端の一羽だけの首の向きが違う。中の二羽は首を縮めている。何の象徴なのだろう。モンブランの山並みの形が、死の床の彼女のシルエットと重なると、見る研究者もいるそうだ。

一九一八年、チューリッヒの壁画を完成したその年に、世を去った。

二月の日暮れは早く、美術館を出る頃はもう陽が落ちようとしていた。充実したこころには、寒さを感じなかった。

（二〇一五年三月）

フランダースを訪ねて

アントワープ（ベルギー）は、滞在先のルーヴェンから、北西へ、列車で一時間の距離だった。

中央駅は、七年前に改装され、地下二階にホームを創り近代化したが、ネオ・ゴシック建築の駅舎は健在で、美術館のような威厳がある。重要文化財の、ルイ十五世様式の大時計のあるドームは、ことのほか美しく、窓からは陽光が差し込み、ブルーや緑に輝いている。時計台の下に、黒曜石の大きなベンチが置かれている。そこに座り、アーチの飾りを見上げると、これは、ベルギーで一番美しい駅ではないだろうかと思う。

街に一歩踏み出すと、ダイヤモンドの店が何軒も連なっている。世界のダイヤモンド原石の七〇%が、ここで研磨されているので、店の数の多さもうなずける。

アントワープを代表するものは、港、ダイヤモンドそしてルーベンスといわれている。私の目的は、ダイヤモンドではなく、十七世紀の宮廷画家ルーベンスだ。

ルーベンスといえば、ウィーンの美術史美術館で観た『小さな毛皮』が浮かぶ。三十七歳年下の若すぎる二度目の妻が、湯浴みして出てきたところを描いた、ほぼ等身大のシンプルな作品だ。豊満な肉体を包むには、いかにも小さすぎる黒い毛皮が、申し訳ほどに一部を隠しているのが、なぜか滑稽で忘れがたい。

もう一枚は、パリのルーヴル美術館で観た大作の『マリー・ド・メディシスのマルセイユ上陸』が印象に残っている。

画面の上半分には、マリーが侍従や女官に支えられ、船から上陸しようとしている様子が描かれている。一六〇〇年、ヨーロッパ随一の大富豪トスカーナ大公の娘マリーは、フランス・ブルボン王家アンリ四世の、二番目の王妃として、莫大な持参金と共に、イタリアのフィレンツェから船で嫁いできた。彼女はことさらに胸を張り、堂々と見せかけているように見える。画面下半分には、裸の海の精たちが、肉体美を誇るように身体をくねらせて、新しい王妃であるマリーを祝福している。

彼女は五人の子どもを生むが、夫婦の愛は冷え、夫はカトリック教徒に暗殺される。

やがて彼女は、幼い息子ルイ十三世の摂政として、絶大な権力をふるう。一六二一年、自分の生涯を描いた絵画で、リュクサンブール宮殿の壁を埋めようと思いつき、この大仕事を、ルーベンスに依頼した。彼は三年の歳月をかけて、『マリー・ド・メディシスの生涯』の総称で、二十四点の大連作を完成したということだ。後になって知ったのだが、このマルセイユ上陸の絵は、連作の、第六作目の一枚だった。

アントワープ中央駅から、目的のノートルダム大寺院への道の、ほぼ真ん中あたりに、「ルーベンスの家」があった。

五年かけて築き上げ、画家が晩年の二十四年間を過ごしたアトリエ兼自宅が、修復を得て、現在は市立美術館として公開されている。道を挟んだ前に、硝子張りのチケットブースとミュージアムショップがある。余りにモダンな建物に驚くが、ルーベンスの家の赤レンガの壁との違和感は、意外とない。「エントランス、チケット」のカタカナが仏語や英語と並んで、硝子壁に書かれている。つい嬉しくなってしまう。

ひとつひとつの部屋が狭く、廊下で繋がっているのは、やはり邸宅を美術館にしたからだろう。折れ曲がった階段や床は、木製張りで、歩く毎にきしむ。自画像や、若い妻のエレーヌの肖像画などが、他の画家たちの絵と共に飾られている。二階の回廊から見下ろす中庭には、十七世紀そのままの柱廊が残されていて、タイムスリップしたような雰囲気で、マントを纏ったルーベンスが、石畳に佇んでいるような錯覚を覚える。

彼は、生涯で二〇〇〇点の油彩画を製作したといわれている。同じ十七世紀に活躍した、オランダの画家フェルメールの、四十点足らずと比較すれば、雲泥の差である。この途方もない数の作品は、自身が一人で製作したのだろうか。

熱心なカトリック信者で、早朝四時に起き、礼拝を済ますと、夕方五時まで製作に熱中した。経営手腕もあった彼は、自宅に大規模な工房を造った。構想を練りデッサンしたものを、沢山の弟子たちが、細部や色塗りを分担したそうだ。親方画家の工房で仕事をすることは、将来、画家として活躍するための修業となり、中世以来の伝統でもあった。ルーベンスが特別ではなく、スペインの画家、エル・グレコなども、大きな工房を抱えていた。

下絵だけ描いて弟子に委ねたものも、最初から仕上げまで独力で完成したものも、すべて、ルーベンスの名で世に出された。

彼の名声がヨーロッパ中に及んで、幸福の絶頂にあった四十六歳のとき、十六歳になる娘を失い、その三年後に妻イサベラも病に倒れる。

その悲しみを紛らわすように、七カ国語を話せる彼は、ヨーロッパの政治と外交の世界に乗り出す。英国にも正式な使節として派遣され、スペインの宮廷画家ベラスケスと、製作活動をしながら政治交渉をし、両国の和議の快挙を成し遂げる。騎士《ナイト》の栄誉を受け、ロンドンの宮殿の天井画の注文も取り付ける。

アントワープに戻った五十三歳のとき、十六歳の乙女、エレーヌと二度目の結婚をする。やがて、老いた画家は、外交活動から引退し、邸宅に籠ることが多くなったが、絵筆は死ぬまで放さなかったそうだ。一六四〇年に六十三歳の生涯を閉じた。彼を惜しむアントワープの市民によるミサは、百回以上にも及んだそうだ。

「ルーベンスの家」を後にして、一二三mの天に聳える塔をもつノートルダム（聖母）大聖堂を目指して歩いた。

閉ざされた扉を押すと、そこには思いがけない沢山の人がいた。堂内への入場券はシニア料金で四ユーロだった。

ゴシックの高い天井が重なり、そこから大きな十字架が、真っ直ぐに垂れ下がっている。長い身廊を内陣に向かって歩いた。祭壇の正面の絵が、私を惹きつけた。

全体はおだやかで、ゆるやかな動きを感じる。ブルーの色が眼にやさしく、近寄って眺めると、長衣をまとった聖母が、裸の幼い天使らによって、天に押し上げられている。地上では、キリストの使徒たちだろうか、女性もいるが、にこやかに天を見上げて祝福している。これは、『聖母被昇天』、ルーベンス四十九歳の作品だ。男性でも女性でも、肉体の力強さや豊満さを、これでもかと強調して描く彼が、この絵では、それを可愛い天使だけに留めている。

製作中に、最初の妻イサベラが亡くなった。聖母の目鼻立ちは妻のそれらしい。由緒ある聖堂で、聖母に託して妻を昇天させるなんて、ちょっと厚かましいのではないかと、下世話な思いもあるが、愛すべき人間ルーベンスが垣間見え、微笑ましさを覚える。

一段下ると、左手に、『キリスト昇架』、右手には、『キリスト降架』が、圧倒されるような迫力で、堂々と祭壇脇を飾っていた。

前者は、キリストを磔《はりつけ》にした十字架を、何人もの筋骨隆々の男たちが綱を引き、持ち上げて立てようとしている場面だ。十字架のキリストが画面の中央で斜めになっていて、その白い身体にだけ、光が降り注いでいる。

後者の『降架』は、亡くなったキリストを、今まさに十字架から降ろそうとしている光景だ。悲しみにゆがんだ表情のマリアや、女性たちも下から支え、男たちは、白い布でキリストの遺体を包むように、優しくゆっくりと動いている様が窺える。青ざめたキリストは腰折れて、画面の中央で白い光に輝やいている。

約四m×約三mのこの大きな両脇の祭壇画は、いずれも脇絵の付いた三枚折れになっている。共に、一六一一年から数年の間に描かれたものだ。修復もされてきたであろうが、四百年も前のもののようには見えない。

あの、ネロとパトラシェが、寒さの中、この『降架』の前で手を取り合って死んでいったのだと思いながら、改めて絵の前に立ったら、メルヘンと現実がない交ぜになって、『フランダースの犬』の世界に入っていった。

童話『フランダースの犬』は、一八七二年にイギリスのウィーダという作家が書いた、この地方即ちフランダースでの物語である。子どもの頃に読んだことはあるが、どんな話だったのかほとんど覚えていない。

ならば、読み直してみようと、本探しをした。一九二九年に最初に翻訳したのは、菊池寛で、林芙美子などたくさんの人が出版している。今、朝ドラでとみに人気が出てきた村岡花子にも、訳本があるのを見つけた。これにしよう！　と、すぐに注文した。

あらすじはこうだ。

ネロは母親が亡くなった二歳の時、アントワープ郊外のオーボーケンという村にいる祖父に引き取られた。あばら屋に住み、自分の暮らしもままならない老人だったが、ネロはすくすく育ち、お互いがかけがえのない存在になっていった。そんな中で、無邪気で誠実な愛情のこまやかな少年に育った。

パトラシェは、フランダース生まれの犬だが、労働に使われる種で、金物や瀬戸物などを山と積んで運ばせる、非情な商人に働かされていた。働き者の犬だったが、鞭打たれ、あくたれ口をたたかれ、水さえも与えられず、行き倒れてしまった。役立たずになった犬に用はないと、商人は草むらに蹴飛ばして帰ってしまった。

毎朝、ミルクを荷車でアントワープに運ぶのが、祖父の仕事であった。ある日、三歳のネロと祖父は、息絶え絶えのパトラシェを助ける。やがて、癒えた犬は自ら牛乳缶を背負い、老人を助けるようになった。パトラシェは優しい家族との暮らしに、初めての幸せを感じ、ネロは兄弟ができたように喜び、いつも二人は一緒だった。老いた祖父は寝たきりとなったが、二人が毎日牛乳をアントワープに届けた。

ネロは、アントワープで仕事が終わると、必ず聖堂に入っていった。パトラシェは入り口の石畳で彼を待ったが、いつもがっかりした顔で出てきて、「あれが見られさえしたらなあ」と、犬を抱きしめながらため息をついた。伽藍の両脇にある二枚の大きな絵には、いつも白い布が被せてあり、観覧料を払わないと見られなかった。

ネロは、自分でも気づかなかったが、絵の才能があった。ずっと側にいたパトラシェだけが知っていた。粗末な材木で画架をつくり、チョークで絵を描いた。だれにも教わっていないが、なかなかの腕であった。十五歳になった彼は、同じ村の粉屋の娘アロアと幼い恋に落ちる。密かに彼女の肖像を描き、夢みるようにそれを眺めていた。しかし、放火事件の嫌疑をかけられたネロを、アロアの父は家に出入りさせなかった。

クリスマスの一週間前の夜に、祖父は静かに息を引きとった。寝たきりでも、いつも優しい声をかけて励ましてくれた老人だった。いよいよ孤独になり、パトラシェだけがただ一人の家族となった。小屋のような小さな家だったが、祖父が亡くなると、滞納した家賃を理由に、出て行けと家主が迫った。

ネロはほんの少しだが、希望を持っていた。それは、十八歳未満の子ども向けの絵のコンテストに、白黒だけで描いた絵を応募していたことだった。一等になれば賞金がもらえ、家賃も払えると、審査の日を待った。しかし、幸運の女神は彼の上には降りなかった。

何もかも失ったが、せめて空腹のパトラシェにだけ、パンの一切れをと、店先で懇願するが、それも冷たくあしらわれ、とぼとぼ二人は歩いていた。その時、雪にうもれた財布を、パトラシェが見つける。大金が入っていたが、名前が書いてあって、それはあの粉屋のものだった。ネロは急いで屋敷に行き、お金を失って悲嘆にくれる一家に、「これを見つけたのはこの犬だから、この家に置いてやって欲しい」と頼む。パトラシェを無理矢理に残して、ネロは吹雪のなかをアントワープに急ぐ。ことの次第を理解したパトラシェは、鎖を引きちぎり、ネロの後を追った。降りしきる雪で足跡は消えていたが、「大好きなもののところへ行ったのだ」と判っていた。

その日はクリスマスイヴだった。ミサの終わったあと、聖堂の扉の一つが閉まっていなかった。パトラシェは静けさの中を真っ直ぐに内陣に向かった。石畳に倒れているネロを見つけ、そっと顔に触れた。「ふたりで横になって一緒に死のう。人はぼくたちに用がないのだ」と、犬を引き寄せた。パトラシェは幸福だった。

少年と犬は、ルーベンスの絵の下に身動きせず横たわり、眠りに落ち、夢を見ていた。

突然、闇の中を強い白い光が差し込んだ。もはや、絵の覆いははね退けられ、一瞬、二枚の絵がくっきりと浮かび上がった。「とうとう見たんだ」「ああ、神様もうじゅうぶんでございます」と、叫びながらよろめいて、膝をついたまま崇高な画面を見つめていた。やがて不意に光は消えた。

クリスマスの朝が明けたとき、若い命と老いた犬は、抱き合って、凍え死んでいた。ルーベンスの『キリスト降架』の前で。

粉屋は、息子にしてやろうと思ったのに、有名な画家は、天才少年を探しに来たのにと、嘆いたが、すべて後のまつりだった。

アントワープの人たちが、この童話を、日本人によって改めて知ったという事実に驚いた。

一九八〇年頃から、アントワープを訪れる日本人観光客が、「ネロの家はどこにあるのですか」と、観光案内所に尋ねることが、しばしばあったそうだ。これがきっかけで、観光局が調べることになった。そして今では、オーボーケンにはネロとパトラシェの銅像も建てられているし、フランス語の本も発行されている。作者がイギリス人だから、英語では早くに出版されていた。イギリスから日本に入ってきたのだろうと思う。

そもそも、地元ベルギーでは、この物語に対する反応は、冷ややかだったそうだ。最後が悲惨な結末の話は、ベルギーの子どもたちには人気がないそうだ。それに、食べるものがないネロの状況を、放っておいた人たちが、自分たちの祖先だということが許しがたい。必ず手を差しのべたはずだと考える。また、十五歳にもなったネロが、一人で生きていく手段を考えないで、死を選ぶというのも、納得のいかないことのようだ。日本人は、この物語を、そのようには捉えず、純粋な夢が叶ったことを喜び、貧しい少年にも幸せがきたというふうに解釈するのだろう。悲劇のなかの一筋の光、それが名高いルーベンスの宗教画と連結していることに、感激するのではないかと、私は思う。

『キリスト降架』の絵の前に、各国の言葉で書かれた説明書が置かれていた。日本語のページには、一九九三年に天皇皇后がこの聖堂を訪ねられ、この絵の鑑賞にとても熱心であったと書かれていた。

長時間堂内を巡り、他の絵も鑑賞して外に出た。石畳に立って、十字架を頂く尖塔を改めて見上げた。塔に付いた金色に輝く時計が、四時を指していた。


（二〇一四年十月）

IV

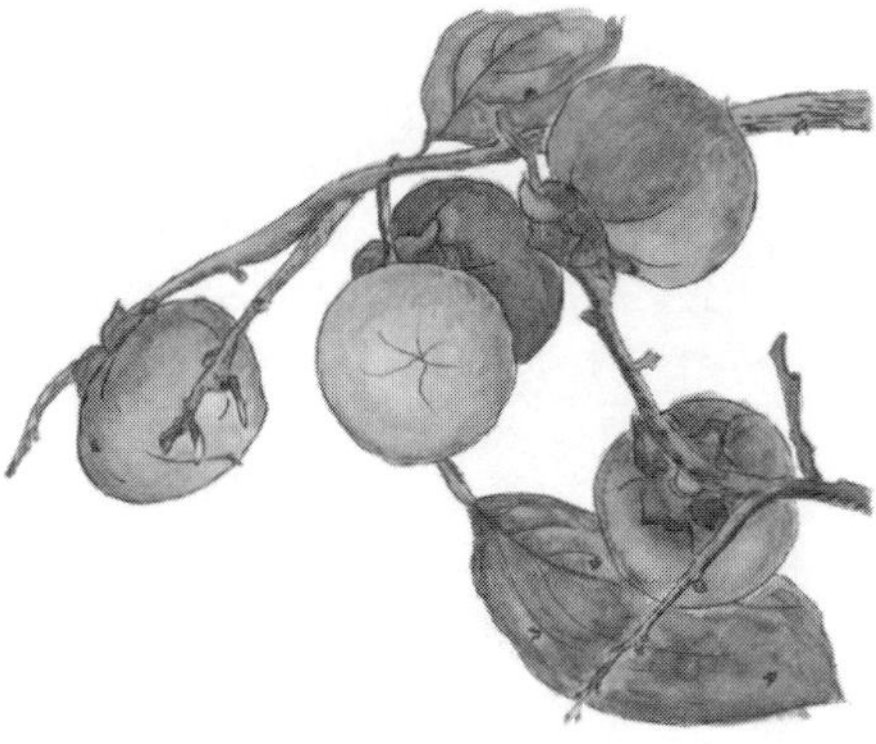

台所のアラベスク

（一）

アラベスクは、そもそもアラビア風のという意味である。幾何学的な文様を反復させながら、無限に続く装飾模様で、植物が絡み合った唐草模様をアラベスク模様という。また、音楽の世界では、華麗で装飾的な楽曲をそう呼び、私の好きなピアノ曲の「アラベスク」も、追いかけるように連続したメロディーが、軽快に続く。

台所に立って料理をしようとすると、何でもない日常の食べ物や食材が、懐かしい人や、昔の忘れがたい思い出を運んできてくれることがある。それは、狭い空間から心が飛び出して、広い世界に模様を広げて、次々と繋がっていくように感じる瞬間である。

些細なエピソードであるが、「台所のアラベスク」と題して綴ってみたい。

ニンジンを冷蔵庫から出してまな板に置き、包丁を入れようとすると、決まって思い出す人物がある。なぜその人がニンジンと繋がりがあるのか、ずっと探り続けているが全く判らない。きっと、ニンジンを切る時に、その人を強烈に印象づける何かがあったのだろうが、それが思い出せない。

その人は、J・キストマーカーというオランダ人だ。

三十五年前、夫が、オランダの国立原子分子物理研究所（FOM研究所）に招かれて、一年余りの期間、家族ともどもアムステルダムに移住した。その研究所の所長が、J・キストマーカー氏なのだ。

年齢は定かではないが、長身痩軀《そうく》の初老の人、それが初対面の印象であった。ノーベル賞にも匹敵する学者だと聞いていたが、とても温厚な好々爺だった。見かけはそうでも、学問や研究に闘志を燃やすエネルギーを秘めている方なのだろうと、少しは近寄りがたい思いもあった。

その頃は、外国人と接する機会が、そんなに頻繁ではなかったこともあり、名前を覚えるのにも苦労があった。キストマーカーを、「キスメーカー」と読み、「キス作りの老人」と命名した。研究所で一番偉い人を、そんなふうに呼ぶことに後ろめたさもあったが、この発想に、ちょっぴり満足して、密かに楽しんだ。この秘密事を、後に夫が、本人に洩らしたことがあった。「エイコはクレバーだ」と、にっこり笑って誉めてもらった。それ以来、父のような親しみを持つことになった。

不慣れな初めての外国生活の私たち家族に、子どもの小学校、中学校のことまで、秘書を通じて細やかな手配を受けた。着任当座は日曜日毎に、アムステルダムの名所や美しい海岸に、キストマーカー氏自らの運転で案内してもらった。

ある日、家に招かれた。どんな豪華な邸宅だろうと想像していたが、申し訳程度の前庭があり、左右に同じ形の住宅が並ぶ、実に質素な庶民的なものだった。リビングの奥にキッチンのカウンターがあり、円テーブルとソファーで、ほとんど隙間が無く、すぐに裏庭に突き抜けた。そこは畑だったような記憶がある。意外だったが、彼の人格や信条が、一挙に理解できた思いで、益々親しみを覚えた。

もうひとつ、私を唸らせたものがある。楽譜を載せた譜面台が、ソファーの前に立っていた。それは、単なる見せるための飾りではなく、今まで誰かが使っていたというような設《しつら》えを感じた。私の質問に、「妻がヴァイオリンを習っている」という答えが返ってきた。それも「最近始めたばかりだ」と。奥様はもう六十にはなっておられると、見受けた。

私が、五十年近く離れていたヴァイオリンを、昨年再開し、レッスンを受け始めたのは、この時のインパクトに富んだ光景が、常に胸にあったからである。いつからでも遅いことはないとの思いは、この時に育まれた教訓だった。

滞在中に、アムステルダム・ノース（北）の我が家にも、何度か研究所の方々を招待した。

オープンマーケット（露天市場）で、魚を仕入れ、中国人の経営する食料品店で、落としても壊れないほど固い豆腐を買い、肉屋では、牛肉を薄切りにしてもらうのに、片言のオランダ語を駆使して、日本流のメニューをつくるための食材集めに苦心した。分厚い辞書類を、重石代わりにして作った漬物に、「アカデミー漬け」なんて、ふざけたネーミングをして、ひとりで悦に入った。

時には、刺身で食べられる魚が買える町まで、バスとトラム（路面電車）を乗り継いで行ったこともあった。車は持っていないので、通常の交通機関は自転車だった。

自転車王国のオランダには、自転車が人口の一・二倍はある。現在も大半の自転車がそうであるが、道路標識に描かれているイラスト絵と、なんら変わるところがないほど、実にシンプルなものだった。ハンドルとサドル、そしてタイヤがあるだけ。ハンドブレーキはなく、ペダルを後ろに逆転させて止める。慣れるまでに何度転んだことか。でも、私たちの住むのどかな田園地帯でも、歩行者とは別に、きちんと自転車専用道路が完備されていて、スピードを上げて走ることも可能で、実に快適だった。

花はチューリップをはじめ、バラなども、二十本以上を一束にして売っていて、それが日本とは比べられないほど安価だった。嬉しくて、常に食卓や部屋のあちこちに飾ることができた、が、大量に食料品を買った上に、お客さまだからと、普段より奮発して枝の長いものなどを求めると、余程工夫しないと自転車では持ち帰れない。今、思い起こせば、かなり危険なことをしていたと思うが、あの頃の私、若かったのだと、つくづく懐かしい。

帰国間際の我が家でのディナーで、最後にライスを出し忘れた。いろいろなルートを探して、日本のものとあまり遜色のないお米を、手に入れていたのに、残念だった。出口でそれを伝えると、キス作りの老人は、「エイコ、次の時はご飯を食べさせてね」と、茶目っ気たっぷりに、夫人と帰って行かれた。その時のことは、今でもはっきりと瞼にある。

十年後に来日されて、京都でお目にかかった。自若な様子は昔のままだったが、若返られたように見えた。あの当時は、カーキ色の長いコートを纏った暗い印象が強かったが、服装のせいだろうか、いや、本当はそんなに高齢ではなかったのかも知れない。奥様はまだヴァイオリンを弾いていらっしゃいますか、と尋ねたら、あの優しげな瞳を一瞬曇らせて、「もうかなり歳とって、無理になってきた」と言われた。

いつの頃からか、音信は途絶えたけど、私には貴重な武器がある。毎日でも会える優れものだ。野菜いため、カレー、サラダにシチューと、あらゆるメニューのいろどりに登場する。だが、お節《せち》や糟汁《かすじる》に使う、赤色の和ニンジンでは、思い出に結びつかない。オレンジ色の西洋ニンジンに限るのだから、不思議である。

（二〇一四年三月）

（二）

車酔いの決定的なトラウマには、二十年前の出来事が大きく関係している。

姫路文学館のボランティアを始めて間もない頃、友の会の研修旅行があった。当時は会員数も多く、バスを三台連ねての、奈良行きであった。

車酔いのある私は、できるだけ前の座席を確保するため、心がけていつも早めに集合場所に行くのだが、その時はちょっと出遅れた。仲良しの友人と離れて、後方に座る破目になった。それも、やや小太りの男性の横しか空席がなかった。

ちょっと窮屈な思いの道中、寡黙に打ち過ぎるうち、危惧した事態がじわじわとやってきた。酔い止めの薬は、予め飲んではいるが、その効き目は、今回あまりないようだ。気の合った友人とお喋りに夢中になっていると、時間は瞬く間に過ぎ、あれ、もう着いたのと、酔うことを忘れて、難なく終わるという体験は何度もあったのだが、隣の男性とは、顔見知りではあるものの、お喋りはままならない。おまけに、前日から我が家には、次男の家族が遊びに来ていて、疲れもあり、睡眠も足りていなかった。

あわや！　という寸前に、バスは第一目的地に着いた。

車外の空気に触れると、気分の悪さは徐々に改善、飛鳥の野を散策するうちに、空腹を覚えるほどに回復してきた。それにしても昼食の時間はとっくに過ぎている。歩きながら、友人がみかんをリュックから取り出し、半分に割って二人で食べた。水分が空の胃袋に吸い取られるように収まり、生き返ったようだった。「もう一つ食べようか」の言葉に快く同意し、満足して、歩を進めた。

ところが、その数分後から、思いがけない気分の悪さが襲ってきた。我慢してやっと、昼食の場であるお寺の境内に着いた。空腹がいけないのだ、早く胃を満たそうと、持参した手作りのお弁当を食べ始めたが、吐き気で受けつけない。お腹も変になってきた。数少ない境内のトイレに並ぶのももどかしく、トイレから出られなくなってしまった。

それから、どのようにして次の目的地の国立博物館に行きついたのか、今思い起こしても、切ない。気がつけば、友人たちから、ハンカチやティッシュが次々と渡されて、いろいろ声をかけてもらった記憶がある。

博物館の見学時間の総てを、トイレで過ごした。体力も消耗し、胃も腸も空っぽだった。この状態では、バスで姫路まで帰ることは、至難の技だと悟った。友人が館の人に頼んでくれて、私は、会議室のソファーにひとり残された。館長か副館長かを、くわしくは聞きそびれたが、その女性が毛布を持ってきてくれた。いつの間にか眠ってしまった。

「そろそろ閉館の時間ですので……」の遠慮がちの声に、私は飛び起きた。一時間以上も眠っていたようだ。少しは気分がよくなったと感じた。その時、彼女は、大ぶりの番茶茶碗に、なみなみと注いだ焙《ほう》じ茶を、微笑みとともにテーブルに無言で置いた。なんと香ばしい懐かしい香りだろう。熱さも飲み頃で、両手で挟んでゆっくり口にした。脱水状態の体に、やさしく沁みわたり、弱りきった内臓が潤ってくるのを感じた。実に美味しかった。こんなに美味なお茶を、今までに飲んだことがあっただろうか。惜しみながら飲み干した。もう一杯頂けますか、その一言を口元で、辛うじて止《とど》めた。

タクシーを呼んでもらった。気遣いの言葉をかけながら出口まで付き添うその人に、何度もお礼を述べて、博物館を後にした。JRの奈良駅から京都に出て、夫の職場に連絡して落ち合い、新幹線で姫路に帰った。

前日からの疲れと睡眠不足、バスの後方の孤独な座席、遅れた昼食、空き腹にミカン、これらの悪条件は、自分の無知さも手伝って、苦いトラウマとなって残った。しかし、あの焙じ茶の味は、今でも忘れられない。それは、この大失敗を癒すに充分だと思えた。

後日、お礼に送った姫路名産のお菓子の返礼に、「せっかく来ていただいたのに、展示はご覧になれなかったので」と、手紙を添えて、図録が届いた。細やかな心遣いに頭が下がった。女性ならではのおもてなしだった。

以来、我が家では、煎茶と共に焙じ茶は常備となっている。長年使っている素焼きの焙烙《ほうろく》で、一回毎に焙《ほう》じ直し、部屋中をいい香りに包んで、あの優しい館長を思い浮かべながら、お茶タイムを楽しんでいる。


（二〇一四年四月）

（三）

一年に二回ぐらい、夫の学会出席の旅に同行する。今回は、米国西海岸オレゴン州のポートランドだった。

ワシントン州とオレゴン州を、太平洋から流れ込んだコロンビア川が隔てていて、ワシントン州のシアトルからは、プロペラ機でほんの三十五分の距離だ。

ポートランドは、コロンビア川の支流ウィラメット川の両岸に拓けた、自然豊かな町だ。環境先進都市を誇り、地元民の食に対する意識は高く、地産地消をモットーにしているそうだ。町は碁盤の目で区切られて、南北の通りの名前は、番号順になっている。期待以上に動きやすい街だった。

海や河に近いとあって、サケをはじめ魚介類のレストランが人気だ。

最近日本では、あまり生ガキは食さないのだが、名物ならばぜひひと、旅での気楽さも相まって、前菜に頼んでみた。

「クマモト」が食べたいと注文すると、白黒で身を固めた正装のウェーターの顔が、にわかにゆるんで、親指を立てて「旨いぞ!」というポーズをした。

砕いた氷をいっぱい盛ったその上に、「クマモト」が並んでいる。形は楕円ではなく、どちらかといえば丸型で、貝殻はひらひらと花のように広がっている。小ぶりの身は、淡いピンク色だ。レモンを絞って口に入れると、するりと喉を通る素直な味だ。白ワインにはぴったりだ。

これは、いくらでも食べられる。だが、ちょっと待てよ。生ものは少量にしとかないとね。旅先でお腹をこわすと悲劇だからと、最もな理屈をつけてみるが、その裏の本音は、一個五ドル(約五百円)という値段に驚いたのが真相だ。

なぜ「クマモト」?

ものの本によると、日本の種カキは、明治時代からアメリカに運ばれて、永い期間養殖されていたそうだが、やがて絶滅に陥った。

第二次世界大戦後、占領司令官マッカーサーが、日本のカキを輸出するよう命令を下した。多分、食べてみると、アメリカ産より美味しかったからだろう。ならば、一番有名な広島カキをとの提案があったが、原爆の後遺症のため、従事する人の確保も難しく、熊本産に白羽の矢が立った。大プロジェクトを組み、輸出事業に乗り出したそうだ。昭和二十二年頃のことらしい。

歳月を経て、アメリカが独自で養殖を始めた。味が濃く美味なので、人気が上がり、「クマモト」のブランド名と共に、高級品として、世界的に広まった。

今は、本場の熊本では生産されなくなって、逆輸入していると聞くと、なんだか不思議な気分だ。

英国では、「R」の付かない月に、カキを食べてはいけないと、昔から言い古されている。即ち、五月（May）六月（June）七月（July）八月（August）は、産卵期で味があまり良くなく、また季節的にも食中毒が起きやすいからだそうだ。

日本でも、冬の食材と認識しているが、それは真ガキのことであって、岩ガキは、むしろ産卵期の六月から九月が、美味しい季節になる。

実は、カキには思い出がある。

三十有余年前、アムステルダムに住んでいた時、夏の休暇を利用して、パリへ家族旅行をした。パリは蒸し暑く湿気が多くて、日本の夏とあまり変わらないように感じた。中学生と小学生の二人の息子の好みそうな観光地を巡った。

夕食に何を食べたか、どのホテルを宿にしたのか、星霜の彼方で全く記憶にないのだが、このことだけは、今も鮮明に覚えている。

息子たちが眠った後、日暮れの遅い夜の街に夫と散歩に出た。いつまでも明るいパリの街が、私たちを誘惑したのだろう。昼間とは異なり、人出のまばらな並木通りや、レストラン街を散策していたら、郷愁をそそる匂いが、かすかに流れてきた。磯の匂い、海の香りだ。

小さなレストランの玄関先で、一人の男が立ったまま、カキの殻を開けている。思わず近寄り窓越しに中を見ると、二組ぐらいの客がワインを飲んでいた。

「入ろう！」、私たちの決断は同時だった。

当時、フランスのレストランは、フランス語のメニューしか置いていなかった。どのように注文したのかは定かではないが、色も形も違う幾種類ものカキが、半分に切ったレモンと共に、どんと大皿で運ばれてきた。今思えば、ピンク色のは「クマモト」だったかも知れない。嬉々として食べ始めたが、夕食済みの胃袋に、そうスペースがある筈がない。半分は残すことになった。

ウエーターは、「なぜ、もっと食べないの」みたいな、ジェスチャーをしたが、こちらも身振りで、「お腹いっぱい！」と返す。

さて、支払いの時、夫はポケットから手持ちのフランを、全部テーブルに出したが、かなり足りない。散歩だからと、小銭しか持って出なかったことをすっかり忘れていた。請求額がいくらだったのか、どれぐらい不足だったのかは、もう思い出せないが、ワイン気分も手伝って、二人で笑いこけた。

腕時計を形《かた》に置く。あるいは、その分を労働で返す。それはさしずめカキの殻開けになるだろう。しかし、夫は立派な腕時計は持たぬ主義だし、殻開けは、主婦として一番苦手な作業だ。

結論は、私を人質に残し、夫がホテルにお金を取りに行くことになった。お店の人は、解ってくれたようで、笑っていた。

氷が溶け始めた食べ残しの皿を見つめながら、少し不安の混じった愉快さが込み上げてきた。映画のヒロインになったような錯覚を覚え、そのまま物語の世界に誘《いざな》われ、空想の映像までが広がっていった。彼が戻った時には、主人公の私の椅子には、涙に濡れたハンカチが残されているだけ、なんて……。

まさしく「R」の付かないその時期に、たらふく生ガキを食べたとは、あきれたことだ。英国の知恵など全く知らない、外国暮らし駆出し者の、浅はかな行動だった。事が起こらなかったのは、幸いだったのだが。

以来、台所でカキを調理する度に、この小さな出来事を思い起こし、想像の翼を広げられた頃の、屈託のない若さを愛《いとお》しみ、しばし料理の手を休めて、懐かしんでみる。

（二〇一四年八月）

（四）

昭和三十九年（一九六四）の秋、夫の学会出席について上京した。新宿に嫁いでいた親友に会うのも、一つの目的だった。

夜、彼女は、私たちをフラメンコバーに連れていってくれた。姫路の田舎では体験できない、都会のムードに気後れしながら、奇抜な衣装とダンスに魅せられた。

休憩時に、「ピザはどう？」と彼女は言った。ためらう私に、「お好み焼きの西洋版みたいなものだよ」と。しかし、丸皿で出てきたその代物に、手を付けられなかった。空腹でなかったこともあるが、異様な匂いに躊躇し、ただただ凝視していた。今思えば、それこそ、初・初物だったのにと、今でも後悔している。

それより数年前、東京ではアメリカ人が始めたピザ屋が、若者に受けて広まりつつあった。宅配が始まるのは、ずっと後の昭和六十年（一九八五）だが、今では辺鄙な田舎のレストランでも食べられ、冷凍なら、どこのスーパーにもあって、国民的食品になっている。

もちろん、ピザはイタリアのナポリで生まれた。それまでトマトには毒性があると信じられていたが、貧しい農家が、パンと共に食するようになったのがきっかけで、ナポリの郷土料理となった。十九世紀末、イタリア移民により、ニューヨークにもたらされ、第二次世界大戦後、急速にアメリカ全土に普及した。

アメリカのピザには、思い出がある。昭和四十八年（一九七三）、初渡航のロスアンゼルスで、夫の同僚が、ランチにピザハウスに連れて行ってくれた。人一人歩いていない広い道路を、五分も走ったろうか。カーパーキングには、想像を絶する数の車が並んでいたので、人が居るのだと認識しながら、ドアを開けたら、人人人！　お喋りとチーズの匂い、喧騒と興奮の坩堝《るつぼ》だった。何人もが立ったまま、小さな円テーブルを囲み、ナイフもフォークも使わず、手ずから食べている。滴るチーズを、紙ナプキンでふきながら、喋る、喋る。圧倒されながら、これぞ、アメリカなのだと、大きなカルチャーショックを受けた。その時以来、ピザは、手で食べるものと認識している。

私が好きなのは、白いモッツァレラチーズ、赤いトマト、そして緑のバジルの乗ったごくシンプルなマルゲリータだ。イタリア国旗を表したこのピザは、往時の王妃マルゲリータ（一八五一～一九二六）に、献上するための、ピザ職人の特製品だった。彼女はとても気に入ったそうで、この名前が後々まで残ったのだとか。

（二〇一三年九月）

（五）

天皇と美智子皇后は、今年、成婚五十五年を迎えられた。当時のパレードの様子が、特集番組としてテレビで放映された。

沿道に、五十三万人を集めたといわれる馬車行列の、映像を見ていると、半世紀も前のいろいろなことが蘇ってくる。

私の通っていた高校は、美智子妃の出身学校と同じミッション系だった。さらに、妃《ひ》と同級生だった我が英語の教師が、美智子妃の写真集の中に、学友の一人として載ったことなども手伝って、まるで身近に起こったことのように、浮かれていた。多感なハイティーンの心は、クラスあげてすっかり、「シンデレラ物語」にはまっていた。今になれば滑稽にも見えるが、懐かしい思い出だ。

生中継を見るために、二〇〇万台のテレビが売れたということだ。カラー放送が始まるのは、その翌年の昭和三十五年なので、モノクロだったと思うが、それはあまり覚えていない。

どういういきさつだったのか、中継を、市内に住む親戚の家に集まって、みんなで見ることになった。大勢で観れば、祝賀気分も盛り上がるだろうと、話がまとまったのだろうが、きっと、我が家のテレビより最新型だったのだろう。

その日の報道の内容は、ほとんど記憶にないが、山のような巻き寿司が、大きなテーブルに盛られていたことだけが、鮮明な光景のまま、眼裏《まなうら》に残っている。

母の血筋で、四人の子持ちのこの一家は、日曜日には、毎週のように我が家に来て、夕食の卓を囲み、にぎやかに楽しい時間を共有していた。私たち姉妹弟は、その一家の主を「お兄ちゃん」、その奥さんを「キョーコねーちゃん」と呼んでいた。新しいことにとても敏感で、電化製品も我が家よりは、いつも一歩も二歩も先を走っていた。電気洗濯機も冷蔵庫も、発売されると、真っ先に試してみるのが常だった。テレビもその例にもれなかった。その頃は、新しい文化も文明も、この夫婦を窓口にして、取り入れていた感があった。

大皿の巻きずしに、みんなが一瞬、テレビよりも興味を示した。

「テレビを見ながら、お箸を使わなくても食べられるでしょ」と、キョーコねーちゃんは、秘密がばれたような、はにかみを含んだ声で言った。それだけではない。「このテーブルは何だと思う？」「ほら、雨戸なのよ！　うふふ」と、白いテーブルクロスの端を少しめくって見せた。その時のいたずらっ子のような笑顔に、
「すごい！」と、私は感嘆の声を上げた。

板雨戸を流用するアイディアの奇抜さにあきれながら、益々、この夫婦が好きになった。決して裕福ではなかったと思うが、大陸育ちのふたりは、アイディアも子育てもおおらかだった。だけど賢しらなところが全くない。人生を楽しく生きている姿勢が、周りの人をほがらかにした。十代の私は、将来こんな家庭がいいなと、憧れの気持ちと共に尊敬していた。

数年後、病院の事務員から転職をするべく、私の両親に何度も相談し、迷いながら、一家は、九州の小倉に移っていった。

その後も、関西に仕事で来る度に、我が家に泊まり、私が結婚して京都に居る時も、夫婦で尋ねてくれた。両親が亡くなったときには、いち早く駆けつけてくれた。夫の出張に便乗して、小倉に会いに行ったこともある。離れていても、お互いが心の支えになっていた。

しかし、歳月は人を待たず、今はもう、お兄ちゃんもキヨーコねーちゃんも、鬼籍の人になってしまった。

三十五年も前、オランダに住んでいたとき、貴重な食材の高野豆腐や干しシイタケを工面して、巻き寿司を作ったことがあった。近くで懇意にしていた日本人家族を呼んで、即席のパーティーとなった。

「上品な薄味で、美味しいですね」と、ご主人が言ってくれた。

以後、寿司を巻く度に、その言葉が生き返り、いい気分にしてくれた。あの頃幼かったふたりの子どもは、毎年の年賀状によると、母となり父となっているらしいが、どんな大人になっているのだろうと、想像してみる。

今日も上品な味になったかなと、何気なく思った途端、こりゃ、違ったかもと、身が縮んだ。「上品な味」は、薄味。薄味は関西風では「水臭い」と表現し、とどのつまりは、「不味《まず》い」の意味だ。ありゃ、あの時の言葉は、そういうことだったのかな。関東圏出身の家族だったから、物足りない味付けだと感じたのだろう。ウン十年もの間、私は大いなる誤解の上に乗っかって、自信に満ち、誇らし気に、寿司作りを続けていたことになる。まあ、それも時効ということで、どういうこともないのだが。

遠足の朝、父親が新聞の陰から手を伸ばし、弁当ののり巻きを、つまみ食いをする様子を、向田邦子がエッセイに面白おかしく書いている。ここでも、手ずから食べられるのが、特徴であり便利なもののようだ。ところで、「のり巻き」は、ずっとおにぎりのことだと思っていたが、関西でいう巻き寿司だとわかったのは、ほんの数年前のことだ。食べ物は、関東と関西で、名称も味付けも違うことが、かなりあるようだ。

また、「巻き寿司は端っこが美味しい」というのが定説だ。ご多聞に漏れず、私も端が好きだ。かんぴょうや玉子が、尻尾からはみ出していたり、たまにはアナゴまでが飛び出している。誰よりも先に手を出したくなる。

「真ん中の綺麗なのを、皆さんはお召し上がりください」なんて、愛想よく薦めて、実は一番美味しいところを頂くのも、ベテラン主婦の技かも。時には、味見は調理人の特権だと開き直って、台所のまな板の上から、出来立てを先に失敬することも、幾度かあったかも……。

端っこが美味しい物は、まだまだある。羊羹やカステラも然り。しかし、最近は、一つ一つが包装されて、箱詰めされていることが多い。見た目が大事になったのか、それとも、切り分けるのが面倒になった現代人の怠け癖が、そうさせているのだろうか。いずれにしても、情緒に欠けた面白くない風潮だ。

馬車行列の再放送が、巻き寿司に繋がり、しばし私を五十五年前に連れ戻したが、その輪は、あの人にあの事にと、アラベスク模様のようにどんどん広がっていく。寿司は物語性のある食材なのかもしれない。

（二〇一五年五月）

（六）

いつからだろうか。朝食をパンにしてから、長い年月が経ったように思う。基本的には、「山食」といわれる山形食パンの、やや厚切りを常食としているが、ときどき、菓子パンや惣菜パンの魅力に負けることがある。

お気に入りの行きつけの店では、時季に応じて、果物や野菜をあしらった洋菓子のようなものや、子ども向けに、パンダやクマの形をしたものなども並んでいる。チーズや干し葡萄が入ったのも、一応試してみるが、やっぱりいつも味の変わらないあんパンに、戻ってしまう。新しいもの好きには稀なことだ。

甘いものは極力避けるべきと思いつつ、片方では、小豆の甘さは身体に悪くないのだと、都合の良い理屈を採用し、甘いものに目がない夫を、たまには喜ばせるのもいいと、いい出しに使って、トレーの食パンの横に、あんパンを二つ乗せて、レジに並ぶ。

あんパンを食べながら、昔に思いを馳せることがある。

オランダに住んでいた頃、海外出張で、夫の上司がアムステルダムの自宅に、数日滞在されたことがあった。リビングの椅子に落ち着くと、手提げかばんから紙袋を取り出された。それには、少しへしゃげたあんパンが二つ、入っていた。

「海外にいると、食べたくなると聞いたので……」

さすが、年長の先輩だ。これは、何にも勝るお土産だった。生ものの持ち込みは、入国時に調べられると、取り上げられる。二個という数はまさに適当であった。家族四人が分け合って頂いた。きっと空港で調達されたのであろう。どこそこのという有名店のものではなく、ありふれた昔ながらのゴマつきだったが、一年近く忘れていた、懐かしい、郷愁を誘う味だった。当時、アムステルダム市内にあるホテルオークラの地下には、「明治屋」が入っていたが、あんパンは売っていなかった。優しい心遣いとそのアイディアの良さを、今もときどき思い出す。

パンの起源は古い。発掘遺跡から、古代エジプトで盛んに作られていたことが判明しているので、紀元前からあったらしい。日本へは、ポルトガルの宣教師が持ち込んだが、江戸時代に主食として食べた記録は残っていないそうだ。明治に入ると、本格的に作られるようになるが、米志向が強いため、容易に広がらなかった。

ところが、明治七年に、東京銀座の木村屋が、あんパンを考案し発売すると、小豆の餡《あん》が日本人の舌に合ったのだろうか、爆発的に売れるようになった。それからは菓子パンが次々と作られ、パンの人気はどんどん上がっていった。

「パン」の呼称は、ポルトガル語に由来しているが、フランス語やスペイン語でも、同じくパンと言う。では、食パンはどうだろう。説はいろいろあるが、主食用パンから来た造語だというのが、一般的だ。

我が家の子どもが幼かった頃、家庭で焼くパンの大ブームが起こった。性能のよい電気パン焼き器は、まだ出回っていなかった。

乾燥したイーストが、今のようにスーパーで、手軽に買える時代ではなかったので、近くのパン工場で、生イーストを分けてもらった。

当時は百回ほど、生地を打ちつけて発酵させる方法が流行っていて、あちこちの家から音が響くほどだった。

自由学園の創始者、羽仁もと子のレシピは、冷蔵庫で寝かすだけで、第一発酵ができるので、私はその簡単さにいたくはまった。クロワッサン風や、ケーキ型に花のように並べたものを、風呂の蓋の上に乗せたり、冬はコタツに入れたりして、第二発酵にはかなり手を焼いた。でも、焼きたての美味しさは、頬落舌踊。それまでの苦労など物の数ではなかった。

毎日奮闘して、だんだん上手になり、悦に入っていたのに、子どもたちは、ついに「買ったパンが食べたい」と、言い出す始末。ちょっとほろ苦い思い出だ。

面白いデータがある。パンの消費量が多いのは、関東よりも関西だそうだ。それも、京都市が一番だというから驚く。

ユネスコの無形文化遺産に登録された「和食」の本場にもかかわらず、九割の人が朝食はパンだと答え、古風好みと思うに最たる舞妓さんや、僧侶にも尋ねたが、同じだったらしい。

そういえば、私はよく京都に行くが、前々から、パン屋が多いと思っていた。京都人は和食に飽きたのだろうか。それとも、先進的な気質がそうさせるのだろうか。

ちなみに、全国ランキングによれば、京都に次ぐ二位は神戸市で、三位は岡山市だそうだ。

先日テレビで、名古屋に「小倉トースト」なるものが、大正時代末期からあるのを知った。トーストした食パンにバターを塗り、小豆餡を乗せたもので、現在でも喫茶店の定番で、人気に揺るぎがないと聞いた。

これはいいと膝を打ち、「得手に帆を揚げる」気持ちで、我が家では、今、あんトーストが、朝食のテーブルを席巻しています。

（二〇一五年五月）

色が好き

（一）

色が好き！　これはただごとではないぞ。なんて、良からぬ想像をする御仁もあろうかと、密かに楽しみながら書き始めました。

漢字学者によると、「色」という字は、上の部分がひざまずいている姿勢で、下がそれを抱えているポーズを表しているそうだ。確かに、広辞苑では五番目の意味に「色情、欲情、情事」などが出てくる。「色事」「色男」「英雄、色を好む」「好色一代男」などと、このての言葉は労せず、口をついて出てくる。

「色に出る」とか「色を失う」などは、顔の表情の形容であるが、少し色彩に近づいた感がある。英語では、顔色が悪いことを、青白いという意味の「ペール(pale)」という形容詞を当てる。

ところで、私が好きというのは、赤とか青という色彩のことである。

私には、真っ先に色を捕らえてしまうという癖がある。たとえば初対面で、その人の洋服の色のみが印象に残り、次に出会ったとき、「先日お会いしましたね」と言われても、気がつかない。当然、その日は、同じ色の服ではないからだ。背丈とか顔の造作などを記憶する前に、色が先を越してしまう。これで何度か失敗をしているが、どうしようもない。ちなみに、人間は三~七秒で、第一印象を把握できるそうだ。色がそのスピードに大いに加担していると思われる。

世の中の色が、総て消え失せて、モノクロテレビのようになったら、何と味気ないことだろう。黒、灰そして白の三色は、無彩色といわれ、基本的には色みがない色である。私はこれらの色の洋服をあまり好まない。しかし、この無彩色が、とてつもない大きなメッセージを表すことを知っている。

パブロ・ピカソの『ゲルニカ』である。

一昨年の六月、この絵が見たくて、旅の予定を一日延ばし、スペインのマドリードに行った。縦三・五m、横七・八mの巨大なその絵は、ソフィア王妃美術センターの特等室に、人を寄せ付けないような威厳を纏い、展示されていた。

一九三七年、独裁者のフランコ反乱軍とナチス軍が、スペイン、バスク地方の政府軍側の町、ゲルニカを無差別攻撃した。数千人の無辜の市民や子どもたちが虐殺された。

当時五十五歳だったピカソは、「人類や文明のもっとも本質的なものを危険にさらす戦争に、芸術家は、無関心ではいられない」と、絵筆をとり、ほぼ一カ月で描き上げて、パリ万博に出品した。その後はヨーロッパを巡回し、大反響をよんだ。内戦はフランコ軍の勝利に終わり、独裁政治は三十六年間も続いた。

『ゲルニカ』は大西洋を渡り、ニューヨーク近代美術館に預けられた。

ピカソは、南仏で九十一歳の生涯を閉じるが、「スペインが再び自由を取り戻したとき、絵を故郷に戻して欲しい」と、言い残した。その二年後、フランコが死亡。急速にスペインは民主化が進み、ピカソ生誕百年にあたる一九八一年に、『ゲルニカ』は名誉ある帰郷を果たした。

死んだ子どもをかかえて天を仰ぎ、泣き叫ぶ母親、焼けた家から髪を引きつられながら出てくる人など、スペインの闘牛をモチーフに、人間や動物がデフォルメされて描かれている。苦痛に歪む顔の、彼の独特の表情表現が、多くのことを語りかける。絵葉書や画集で何度も見慣れた絵であるが、実物はまさに、観る者を圧倒する。

この絵に関しては、黒、灰、白の三色だけで、なんの不足があろうか。他の色を差すと、メッセージ性が高まるかと、心の中で、絵の中央の花のようなものに赤を置いてみた。またランプや電灯にオレンジも置いてみた。しかし、それは全く無用のことだった。改めて無彩色の威力を見せつけられたように思った。

色はそれ自体がそれぞれのイメージを持っている。「白」は、決意、スタート、浄化など。また「黒」には、孤独、恐怖、死などを感じる。冠婚葬祭で、この二色を使うのを思い浮かべれば、よく理解できる。

ともあれ、私の魅かれる色は、黒、白ではなく、緑系である。

中学生のとき、手芸の提出品の袋を、緑の毛糸で編んだのを覚えているし、最初に作ってもらった革靴もそうだった。子どものころから、一貫して好きな色は変わっていない。今も雑貨や小物、文房具などは、好んでこの色のものを買う。

それでは、緑の持つイメージはどうだろう。

色彩心理アナリストの分析によると、エコロジーの代表の色で、森や山を連想し、安らぎを与える色になる。また再生、成長から心の平安、安定も感じる。この色を求めるのは、心身共に疲れて、日常の生活や雑事から逃れたいという思いの時だそうだ。

この色を好む人の性格は、感受性に優れ、独創性、創造性に富み、より高いものを求める傾向があり、のめり込むと最後まで追及するという、こだわり屋のところもある。人間関係では、謙虚で控え目、周囲の人に気を遣う傾向がある。その反面、プライドが高いとか。

赤を好む人は、明るく楽観的、外交的で衝動的、自己主張をし、行動的というから、やっぱり自分は、緑で合っているように思える。色の好みで性格が判るなんて、ちょっと、星座で運勢を占っているような胡散臭さを覚えるが、色が与える性質は、あながち軽視できないかも知れない。

では、ファッションではどうだろう。好きだからといって、果たしてその色が自分に似合うのだろうか。一口に緑と言っても、明るい色と暗い色、色の強弱、また赤みがかった緑や、黄色の勝ったのもある。折しもあれ、カラーコーディネーター養成講座を見つけた。早速、門をくぐった。もう十五年も前のことである。

（二）

ふと何気なく見上げた東の空に、虹を発見。最近では虹がかるのも稀なことであるが、こんな見事に、くっきり見えるのは久しぶりだ。思わず、赤、橙、黄、緑、青、藍、菫と読んでいた。しばし見とれて、それもかなりの後に、両脇からぼやけて溶けて、空に馴染んで消えたが、美しさの余韻が心に残った。

どうしてこんな綺麗な七色ができるのか、子どもの頃からずっと不思議だった。未だにその謎は、私のなかでは解けていない。

虹の現象から、色彩の本質を解き明かしたのは、ニュートンだそうだ。暗い部屋で、小さな壁の穴から差し込む太陽の光に、彼はプリズムを当ててみた。すると、プリズムを通過した光が、反対側の壁に七色の虹色を映し出した。人間はそれまで、物質そのものに色があると思い込んでいたが、この発見で、色彩と感じているものは、物体に当たった固有の波長を持つ光の反射であることが明らかになった。可視光線で、最も波長の長いのは、赤である。リンゴが赤く見えるのは、長い波長をもつ赤が、他の色よりも反射率が高いからだそうだ。

ニュートンに対抗意識を持っていたといわれるゲーテは、人間の心の世界を介在しない色彩の研究は、無意味だと主張し、色と心の関係を探り、『色彩論』を著した。黄に「暖」、青に「寒」という象徴を見出したことは、鋭い考察だったそうだ。今では、赤や黄などの暖色系の色調は、交感神経に刺激を与え、逆に青や緑などの寒色系は、副交感神経に作用することが明らかになっている。

色と心理は切り離しては考えられない。

「カラーブリージング」は、色彩心理と呼吸法を組み合わせた健康法だ。ある特定の色をイメージして呼吸すると、心身の不調を改善して、心がリフレッシュされる。例えば、花やスカーフなどのピンクを思い浮かべて、深く空気を吸い込む。足の先から体中に、ピンクの空気が満たされるのを強くイメージして、ゆっくりと吐いていく。これを五分〜十分ぐらい繰り返すと、生理的機能を刺激して、若返りに役立つそうだ。赤はやる気をそそり、緑は体調が優れないときに、黄は集中力が欲しいときに、効果があるそうだ。

食欲と色の関係も見逃せない。

ある色彩研究家がこんな実験をした。パーティー会場で、赤、青、黄のテーマカラーを決め、テーブルクロスやナプキン、食器やライトまでその色で統一して、食事を始めた。どの色のテーブルの料理が、一番に無くなったでしょうか。それは暖色系の赤だった。その上食欲もお喋りも活発だった。黄のテーブルでは、お喋りは弾んだが、あまり食は進まなかった。青に至っては、料理に手がのびないばかりか、静かだったそうだ。ダイエットをしたいなら、寒色系のテーブルクロスや食器を選ぶといいのかもしれない。現に、スーパーなどのダイエット食品のパッケージは、食欲を刺激しない寒色や、淡いトーンでデザインされている。

環境デザインでも、色が大きな部分を占める。

例えば病院について。最近は地方の病院でも、ロビーにはカラフルなソファーが置かれ、絵画なども飾られているところが多い。でも、個々の病室となると、壁は白だし、区切りのカーテンも白が多い。アメリカやスウェーデンでは、カラーやアートを薬として考えているそうだ。手術後の患者が目覚めたあと、何もない部屋と、壁に絵画がある部屋とでは、投薬の量が違うそうだ。痛みの感じ方にもかなり差があるようだ。アメリカのある病院では、「アートカート・システム」がある。入院すると、いろいろな絵を積んだカートが運ばれてきて、患者がその中から、自分の好きな絵とフレームを選び、壁に架けてもらう。飽きたら異なる絵にも換えてくれる。自分で選ぶということが、ストレスを回避して、精神的にいい効果を生むそうだ。

このようにみてくると、色はあらゆるものに影響を与え、刺激し、向上させる原動力になることがわかる。それに従って、色選びの大切さを改めて認識した。

さて、肝心の洋服選びはどうだろう。

その人の好きな色が、似合う色なのかとの疑問には、カラーコーディネーター養成講座で、すぐに結論が出た。ずばりノーである。肌の色、瞳の色、髪の色で、おのずから似合う色が決まる。

「肌全体に透明感が出て、血色がよくなり、顔の輪郭がはっきりして元気に見え、肌のトラブルを隠し、若返って見える」そんな色が似合う色となる。似合わない色では、肌が黄ばんで見えたり、全体の印象が暗く見えたりする。

それでは、どうすればその似合う色を見つけることができるのだろう。

ゲーテが分類した暖色系をイエローベース、寒色系をブルーベースとする。明るさ

（明度）や鮮やかさ（彩度）、澄んだ色、濁った色の違いで、さらに、イエローを「春」と「秋」に、ブルーを「夏」と「冬」の四つのグループに分ける。ひとりひとりの肌の色、瞳の色、髪の色などの組み合わせにより、この春夏秋冬のどれに当てはまるかを見極め、「パーソナルカラー」が決まる。

さまざまな色の布を顔近くに当ててみて、やっと自分は、「春」のグループと判明した。いずれのグループにも、それぞれの明度や彩度に応じた、総ての色があるので、「春」には、黒や茶がないというのではない。私の好きな緑でいうと、明度の高い明るい若草色が「春」の緑となり、「秋」は、明度も彩度も低い抹茶色の緑となる。

持っている洋服が、「春」色でなかった場合は、パーソナルカラーのスカーフやマフラーを利用することで、カバーできることも学んだ。

毎年、流行色がファッション界では発表されるが、これは、二年も前から「流行色協会」なるものが、世界の経済情勢や、話題の出来事などの影響を受けながら、決めるそうである。年に二回パリで開かれる「パリ・コレクション」で、その色を使って、有名デザイナーが新作を世に出すということらしい。

沢山のことを学んで、意気揚々と、「春」色を印刷したカラーカードを持って出かけたが、なかなか当てはまる色味のものを見つけられず、その上流行色も考慮にいれると、なお難しい。たまたま色が合っても、デザインが気に入らない。前にも増して、洋服選びが困難になってしまった。何事でも、知るということは怖いことでもある。知らぬうちが花ということもあるのだ。

(三)

色は方角にも関係がある。

「四神《しじん》」は、東西南北を司る神獣だ。東は青龍、西は白虎《びゃっこ》、そして、北に玄武《げんぶ》(亀)南は朱雀となっている。中央には黄龍を置くそうだ。

近年明らかになった高松塚古墳やキトラ古墳で、四方の壁に、その神獣が描かれていたとのニュースは、まだ耳に新しい。

その方位には、それぞれを象徴する色と季節がある。東は青で春。だから「青春」という熟語も生まれたのだろう。西は白で秋なので、詩人の「白秋」の名はここからきたのだろうか。北は黒で冬、南は赤ということで夏。そういえば、南にあるのは朱雀門で、赤く塗られている。

また、四つの方位は地勢にも対応していて、北は丘陵、南は湖沼、東は川、西は大道だそうだ。この地勢の揃っている土地が、最も理にかなっているとして「四神相応」という。都をつくるときには、古くからこの理想にかなった地相の場所を探すことが、先ず重要となっていた。

平安京も平城京も、諸説はあるが、四神相応の都とされている。姫路城も強いていえば、相応になっていると聞いたことがある。現在でも家や墓を建てるときには、風水説で、これが理想的な地相配置となるようだ。

さて、話は変わるが、今や人気上昇中の村上春樹は、出す本が次々ベストセラーになり、ノーベル文学賞も夢ではないと、騒がれている作家である。

彼の本の表紙は色が美しい。十年ぐらい前に出た『ノルウェイの森』は、上下巻が赤と緑だった。色相を体系的に環状にした色相環では、赤と緑は、真反対に位置して、互いに補色となり、一番コントラストが強い配色だ。使い方によれば、下品にもなるし、強烈な印象にもなる。クリスマスカラーなので、ひとつ違うと陽気な明るいイメージになってしまうところだ。しかし色の明度のトーンがおさえられ、とても目に馴染むものとなっていた。内容はともかくも、一組本箱に飾りたいという気持ちにさせられた。

『色彩を持たない多崎つくると、彼の巡礼の年』は、最近の話題作である。カバーの装画がとてもカラフルだ。鉛筆かロウソクか、さだかではないが、九色がぴったりとくっついて直立している。黄色系がやや多いが、赤も緑もあって、並べ方の順序は特に脈絡があるように、私には見えない。しかし、なにせ工夫の多い作家なので、裏に隠された意味があるのかもしれない。

タイトルに、「色彩」の文字があるだけでも興味を引くのに、「色彩を持たない」とくれば、色好きの私にとっては気になってしかたがない。流行とかベストセラーなどの本に飛びつくことは、近年はなかったことなのだが、つい、平積みのなかから一冊を手に取った。

最初から五、六ページ拾い読みしてみると、色彩を持たないというのは、単に名前に色が含まれていないということだとすぐにわかった。そのわりには大層なタイトルだと思いながら、さらさらとページを繰ると、田崎つくるを含む高校時代の親友グループ五人の名前に、ハッとするものがあった。

つくる以外の男三人の姓は、赤松と青海《おうみ》。女は、白根と黒埜《くろの》だという。すなわち、赤、青、白、黒は、そっくり四神の色ではないか。

なぜその四色を登場人物の姓に用いたのだろう。いずれその種明かしが出てくるだろうと、じっくりと読み進めた。

さすが流行作家だけのことはある。次へ次へと息つくひまもなく、読みたくなる。ほとんど色彩のことを忘れてのめり込んだ。

ここではストーリーの概要は省くが、果たして、私の懐《いだ》いた疑問への解答は得られただろうか。全く、プロットに四色は関係がなかった。ただ、色彩を持たないと銘打った主人公田崎つくるが、他の四人よりも、色彩を持っていたのかなと、ぼんやりと結論づけてみるが、なんだかもの足りない。深い意味を期待し過ぎたばかりに、空しいものが残った。

私の旧姓は黒田なので、これは色が入っている。黒川、黒埼、黒沼、黒柳もよくある名前だ。赤は多い。赤井、赤尾、赤西、赤岩、赤羽など。白も青も、すぐにいくつか挙げることができ、かなり用いられていることが分かる。しかし、四色以外の、紫や橙や黄のつく姓は、あまり思い浮かばない。村上春樹は、簡単に思いつく色を使ったのだろうか。

また四神の四色が、姓に多く組み込まれるには、なにか深遠な歴史的根拠があるかもしれない。そこまで追求する研究心は持ち合わせてないが、ちょっと不思議で面白い。

色への興味が尽きない。

（四）

次男が中学生のとき、一時、「さだまさし」に傾倒したことがあった。息子の気持ちに添いたいとの思いがきっかけとなって、私はフォークソングが好きになり、さだまさしもよく聴くようになった。

彼のグレープ時代のヒット曲に、「精霊《しょうろう》流し」がある。詩的な歌詞は彼の持ち味であるが、この曲には恋人を亡くした気持ちや、母親の寂しさが、ゆるやかなヴァイオリンの音色と共に、聴く者のこころに浸み込んでくるような情感がある。長崎のお盆行事である精霊流しに、水の事故で若くして亡くなった従兄弟の実話をからめたものだが、そのなかに、こんな一節がある。

……あなたの愛した母さんの今夜の着物はアサギ色……

アサギ色とは、どんな色だろう。初盆で着る和服だから、そう派手なものではないはずと、私の想像は広がり、浅い黄色？　これはちょっと似つかわしくないなと思いつつ、本屋に走った。日本色彩研究所編、福田邦夫著の『日本の伝統色』によると、漢字では「浅葱色」と書く。

浅葱は、ネギ(葱)の若芽のような色という意味であるが、新緑の色ではなく、藍をごく浅く染め、少し緑色を帯びたなんともゆかしい色である。一見華やかな精霊流しにあって、悲しみを込めた着物には、これ以上ふさわしい色はなかったのではないかと、改めて、さだまさしの感性に敬服したのである。

伝統色とは、化学染料が輸入される以前に、日本の気候風土のなかで生まれた色彩文化で、その七割が平安時代につくられた。十二単や、二色の絹を重ねて独特の色を醸し出す「重ね色目」などは、日本独特のカラーコーディネートだった。それらが植物から染められたこともあって、自然の草花からきた美しい色名がついていることに、気がついた。

例えば、赤系では、アカネで染めた鮮やかな赤が緋色《ひいろ》で、濃い赤は茜色《あかねいろ》という。紅梅色、撫子色《なでしこいろ》、桃色などは典型的なものだ。しかし、朱色がかったピンクの鴇色《ときいろ》は、植物からではなく、佐渡島で成育しているニッポニア・ニッポンの学名を持つ鴇(朱鷺)の、翼の下の色からきているそうだ。

黄系で頭に浮かぶのは、山吹色、梔子色《くちなし》、刈安色《かりやす》（ススキに似たイネ科植物）、女郎花《おみなえし》色などで、やっぱり植物の名前が多い。

浅葱色より少し薄い新橋色《しんばしいろ》というのが青系にある。これは十九世紀後半に、化学的に合成された染料が入って来て、文明を代表する色として騒がれた。江戸時代から伝統を誇る柳橋の芸者に対し、新興の花柳界だった新橋の芸者が、この色の着物を好んで着て、大いに流行させた。これが、奇妙な色名が定着した所以で、興味深い。

江戸時代にも、庶民の間から数々の伝統色が生まれている。紅や紫などの派手な色を、庶民は使ってはいけないという「奢侈《しゃし》禁止令」が出されていたので、鼠色や茶色が流行した。「四十八茶百鼠」の言葉が残っている。茶色だけで四十八種類、鼠色に及んでは百種もあるという意味だ。

百もあると言われた鼠《ねずみ》色は、薄墨《うすずみ》色に始まり、微妙な違いで、薄鼠《ねず》、薄雲鼠《うすくもねず》などがある。深川鼠、鴨川鼠、淀鼠など地名がついたものもある。銀鼠《ぎんねず》は今のシルバー・グレーを指す。また灰色、鉛色、鈍《にび》色、銀色なども鼠色の系統だ。ほとんど私には見分けがつかないが、日本人のもつ繊細な感覚で、古くから独自の色彩文化を培ってきたのだろう。

鼠色で連想するのは、あの「利休鼠の雨」だ。北原白秋の詩に、梁田貞《やなだただし》が曲をつけた『城ケ島の雨』は、母が、台所仕事をしながらよく歌っていたのを思い出す。

……雨はふるふる城ケ島の磯に、利休鼠の雨がふる……

意味は理解できなかったけど、利休鼠の雨とはどんなものだろうと想像していた。わからないけど、これは色のことだろうと、子ども心に思っていた。ただ、母がこの歌を好きなのは、この利休鼠のくだりがあるからだと、なぜか、そう思い込んでいた。

利休はもちろん、千利休のことで、彼が好きな色だったのかは、はっきりしないが、緑茶や抹茶のイメージから、緑色ぎみという修飾語になっていたようだ。利休茶は緑ぎみの茶なので、利休鼠は、緑がかった鼠色ということになる。

白秋がこの詩を書いた頃は、隣家の人妻と恋愛問題を起こして、姦通罪で訴えられ、文壇の寵児から一転、世間から厳しい非難を浴びていた。折りも折り、実家の海産物問屋破産の悲劇が重なる。やっと離婚が成立した女性との新生活の場で、毎日城ケ島を眺めて暮らしていたのだそうだ。失意からの復活、少しずつ光が差してくるような、そんな心情を詠った詩だ。その雨の色を利休鼠と表現したのである。

さて、鼠色に劣らず種類の多い茶は、褐色だけでも、茶褐色、赤褐色、黄褐色、暗褐色と多様だ。日焼けの形容によく用いられる赤銅色はお馴染み。朽葉色、煤竹《すすたけ》色、枯《かれ》色などは、文字を見るだけで、かなり優雅な意味を含んでいるようで、エッセイに使いたいなと思ったりする。

歌舞伎役者の市川団十郎が、代々受け継いだ成田屋の色に、「団十郎茶」がある。弁柄（酸化鉄）を柿渋で染めた、やや明るい茶色だ。十八世紀に活躍した二代目団十郎が、お家芸の『暫《しばらく》』を演じる際に使って以来、江戸時代の流行色となり、現代でもこの演目や、襲名披露の折には、この色の衣装が習わしとなっている。今年二月に他界した十二代目市川団十郎の、悪を懲らしめるあの睨みの超人的な所作は、その衣装と相まってオーラに包まれていた。この茶のことを、「舞台では赤と同様とても映える色だ」と、彼は言い、「高貴な色ではなかった柿色を、現代にも残る色に染め上げたということは、下層の人々の持つ強さをあらわしているように感じる」と、生前、インタビューで答えている。

外国でも有名な人物を冠した色がある。

ウィーン観光の目玉であるシェーンブルン宮殿は、六五〇年に及ぶ統治を行ったハプスブルク家の、夏の離宮だ。女帝マリア・テレジア在位中の一七四〇年頃に、改築されたとき、夫のフランツ・シュテファンは、外観を黄金にと主張したが、財政事情を考えたテレジアが選んだのが、玉子色みたいな黄色だった。彼女の好きな色だったかは定かではないが、黄金に近いということもあったのだろう。それ以後、その色は「テレジア・イエロー」と、呼ばれるようになった。

テレジアは、十六人の子どもを設け、身重で政治や戦争指揮をしたことは、よく知られている。末娘のマリー・アントワネットは、十五歳で、フランスのルイ十六世に嫁ぐまで、この宮殿で育ったそうだ。モーツァルトが六歳のとき、御前演奏をしたことも有名だ。ナポレオンが、ウィーンを占領してここを宿舎とし、あの「会議は踊る」の舞台にもなった。

一四四一の部屋を有するが、観光用には四〇室を公開している。実質、最後のオーストリア皇帝といわれる、フランツ・ヨーゼフ一世は、ここで生まれた。シシィの愛称で呼ばれる美貌のエリザベートと結婚し、六十八年の間、勤勉に皇帝の職務を執ったという部屋も見学した。他の部屋とは比ぶるべくもない質素な場所の、執務机の上には、愛するシシィの写真が飾ってあった。彼女は、ほとんど夫を顧みず、旅に明け暮れていたが、そんな彼女に、ヨーゼフは手紙を送り続けたそうだ。軍服にたくさんの勲章をつけ、立派な白い髭をぴんと張った画像があるが、そこはかとなく漂う、寂しげで物憂い表情が印象的だ。国民からは絶大な信頼と敬愛を受けて、後に、「オーストリアの国父」と賞賛されたのが、せめてもの慰めである。私は、このヨーゼフのことを愛してやまない。いつか、もっと彼のことを知りたいと思っている。

見学を終えて外に出て、幾何学模様の色とりどりの花々が連なる、広大な芝生の庭園を、ゆったりと散策した。宮殿を振り返ったら、ウィーン・ロココ様式の建物は、傾きかけた夕日に照らされ、まさに黄金に輝いて見えた。これこそが、テレジア・イエローなのだと、今さらながら納得した。

ヨーロッパにも、伝統色は根付いているが、ウィーンでこの色が一世を風靡したとの話は聞いていない。

（二〇一三年七月）

アラスカへの旅

（一）旅のはじめに

「今度はシアトルと南東アラスカだけど行く？」

夫は海外出張が決まると私に尋ねる。うーん、どちらも初めての地なので、まあ行ってみるか。「いいけど……」と、乗り気のない声で、あまり直截には言えない。日時や見物場所などすべては、彼の仕事の都合任せ。心の準備を徐々に進めつつも、出発までに済ませる多事を思えば、旅行の楽しさも半減しようというもの。諸手を挙げての喜びにはならないのだ。

会合への欠席のお断りや、延び延びになっていたお礼状書き。治療を済ませるための歯医者通いと、続き、ホームドクターに常備薬の依頼。借りた本は急いで目を通して返却する。

一定期間、家を留守にするということは、家事が一時止まるということで、郵便物局留めの手続き、新聞配達の停止、庭木の水遣りや宅急便受け取りの手配、町内会回覧板の処置、ゴミ当番が回ってこないかのチェック、などが必要だ。台所は普段よりも清潔に磨き、冷蔵庫を空にするため、数日前から食べ尽くせる献立を、生ゴミ回収日と合わせて熟慮する。

無事帰国できないことも視野に入れると、預かっている会の会計処理も、万全にして、後を任せられる人に連絡が必要だ。

前日になると、インターネットで、現地の気温を調べ、持参する服や肌着を選ぶ。帽子、傘、靴、スペアの眼鏡など一切を座敷に並べて、スーツケースに詰め始めるのは、夜半を過ぎる。睡眠時間は充分とれず、疲れきっての出立と相成る。

空港へ向かうリムジンバスに乗り込めば、忽忙の日々も、留守宅への不安も消えて、気分は次第に彼の地へと高揚してくる。

私の旅は、いつもこんなふうに始まる。

シアトルと聞けば、マリナーズのイチロー選手が思い浮かぶだけ、アラスカについては、紅サケしか連想できない。なんと乏しい予備知識だろうか。だが、待てよ、思い出した。アラスカといえば、星野道夫ではないか。オーロラ、ヒグマ、ザトウクジラ、氷河と繋がってきた。これは面白い旅になりそう。大急ぎで、アマゾン・ドット・コムで星野の本を注文。図書館に走り、関連図書を借りてくる。それらを手荷物用バッグに詰めて持って出た。

夕方関西空港を飛び立った機は、現地時間午前十一時前に、サンフランシスコに降りた。二時間半の待ち時間の後、シアトルタコマ国際空港に着いたのは、午後四時。ほぼ二十四時間かかったのに、日本出発と同じ日、同じ時間にシアトルに居る。丸一日得したことになる。時差は知識としては理解しているが、やはり不思議な錯覚のようだ。

そのおまけの一日に、機内や乗り継ぎの合間に読み続けた本が、私を俄かアラスカ通に仕立てあげた。

シアトルを夕方出航したゴールデン・プリンセス号は、十一万トン、乗客約二千八百人を運ぶ客船だ。ちなみに船長はじめ乗組員、そして料理人や客室係などのスタッフは、千百人乗っているらしい。

銅鑼を合図に、ほとんど気づかないような穏やかさで、巨体は水面を滑り始めた。まるで高層の大型ホテルが、移動しているような感覚だ。南東アラスカをグレーシャーベイまで北上して、再びシアトルに戻る七泊八日の船旅だ。

翌日は、終日航海で船の中。レストランは、二十四時間開いているビュッフェ式の他、五箇所にあり、喫茶や軽食に自由に利用できる。食事の準備をしないで、豊富なメニューから、好きなものを選んで食べられるというのは、総ての主婦の憧れだろう。それだけでもクルーズは、値打ちがあるというものだ。

船には劇場が三つもあって、ショーやコンサート、各種のセミナーをプログラムに沿って行っている。乗客参加型のゲームや余興も、毎日あり、カジノまで設置されている。しかし、私はそんなものにほとんど加わらず、バルコニーから、時々双眼鏡で島々を眺め、珍しい生き物はいないかと目を凝らし、ソファーに寝転がって、本を開く。

二十五年も野生のシャチを追い続けた、ジャーナリストの水口博也の『アラスカ』は、臨場感たっぷりの写真と、エッセイが、交互にページ編集されていて、どこを開いても見入ってしまう。写真家仲間の星野道夫と共に、三週間キャンプを張って、ザトウクジラの取材観察をすることになった経緯とその様子を、先ず著作の冒頭に書いている。星野の不慮の死は、彼をアラスカから一時遠ざけ、この本の出版も十年の年月を経てのことになったとか。この事件は冒険家たちには、想像以上の衝撃だったようだ。

ロシアのカムチャッカ半島クリム湖畔で、テレビ番組の取材撮影のため、テントで就寝中にヒグマに襲われ、一命を落とした星野道夫のことを、もっと知りたいと急き立てられるような思いで、彼の本に集中した。

掃除もご飯の支度も免除され、電話もメールも来ないこの異空間を、満喫できる幸せを感じる。

明日は、最初の寄港地に入港の予定だ。

(二) 氷河に降りる

アラスカ全土をフライパンと見て、その柄にあたる南東アラスカは、「パンハンドル」と呼ばれる。複雑に入り組んだ海岸線は美しく、インサイド・パッセージという名で親しまれている。いくつもの島々とフィヨルドを縫って、ゆっくりと北上した船は、一昼夜と半日を経て、アラスカの州都ジュノーの港に接岸した。

船室のバルコニーから、こぢんまりした町の広がりが眺められるが、すぐ背後に高い山々が迫っている。ごつごつした山肌を、まだらな雪渓が覆い、霧状の雲が山の中腹にたち込めている。しかし目の前に聳えるロバーツ山は、緑の木々が繁り、その山頂から、赤いロープウェーが揺れながら下っている。

クルーズが用意したオプションツアーコースは、何種類もあるが、私たちは、「ヘリコプターで訪れるメンデンホール氷河とサーモン・クリーク」を選んだ。

下船口から長い桟橋を伝って地面に降りたら、そこは、各地に散るツアーバスに乗る人たちで、ごった返していた。空気が冷たい。思わずダウンコートの襟を立てた。ベンチで、順を待ちながら、黄色に彩られた山裾に目を奪われた。近づいてみると、それは日本のものよりはるかに大きく、丈の長いタンポポの群生だった。この寒さ、そして山には今も残る雪、氷河を間近に控えているなどの、悪条件のなかで、咲き乱れる可憐な花。北極圏に近いここでも、五月はまさに春なのかもしれない。

ヘリポートには、赤と白に塗られた三機のヘリコプターが、待機していた。氷上用の専用ブーツを靴の上から履いて、時折、小雨が強風に煽られるなか、六人ずつ乗り込んだ。雑音を和らげるためのヘッドホンを着ける。窓に吹きつける雨が、不気味にガラスに流れるのを、不安な気持ちで見つめていたら、ふんわりと舞い上がった。

右に左に、雪を残した茶色の山々が広がり、湖が見えてくると、ヘリは高度を落とし山間《やまあい》を進む。時には激しい雨になって視界が遮られると、大丈夫なのかと心配になる。十分ほどで、広い氷原が開けた。何人かの人影が見え、エンジン音を轟かせながら着陸した。おそるおそる氷上に降り立つ。表面は柔らかく、まるでシャーベットの上を歩いているようで、足がのめり込むことはない。滑るのを恐れたが、優れもののブーツのおかげで、自信をもって難なく進めた。寒さは最高。霧雨は容赦なく顔を打つ。

乗ってきたヘリは、見学の終わった客を乗せて、パタパタと羽音を立てて三機とも飛び去った。氷原に残されて静けさが戻ってくると、かすかに水の音も聞こえる。自分は今どこにいるのだろうと、とてつもない不安定な気持ちに陥る。

周囲を見上げれば、氷柱を何本も突き刺したような、氷壁が絶佳である。その壁から滝のような裂け目、クレバスが下に走っている。まるで巨大な巻き物を立てたような形をしていて、その奥が何とも美しい深い水色なのだ。アイスキャンデーのガリガリ君の色を濃くしたようなクレバスが、氷上にもあって、まるでソーダ水の小川のようだ。純粋な水は、赤やそれに近い色を吸収してしまい、青だけが反射して残るので、この鮮やかな神秘的な色になるらしい。限りなく透明に近い青とは、こんな色ではないのか。ふと、この世のこととなのだろうかと見紛う。まさにＮＨＫ・ＢＳの「フローズン・プラネット」の世界である。

見学者の一人が、水を手で掬って飲んでいる。裂け目に落ちないでと、声をかけているのは、赤いジャケットを着たガイドだ。

足元を見ると、朽ちて穴の空いた一枚の枯れ葉が、青い水溜りに浮かんでいる。周囲に林はないのに、この一葉は、どんな旅をしてここに来たのだろうか。

メンデンホール氷河は、末端の幅が二・四㎞、全長一九・三㎞、氷壁の高さは三〇ｍ以上の巨大な規模で、海沿いの氷河としては、世界で最も美しいと言われている。

そもそも氷河とはどういうものなのだろう。高山の凝固した万年雪が、数年に亘って堆積した雪や氷に圧縮されて、氷塊となって低地に流れ出たものだ。従って、峡谷は、長い年月をかけて氷河がつくったものなのだ。この瞬間にはほとんど目に捉えられないが、それは絶えずゆっくりと動いていて、刻々と姿を変えている。一年後にこの場所に立っても、今日と同じ風景を見ることはできないだろう。手袋を取りかじかむ手で、四方八方に向きを変えて、何度もシャッターを切った。

氷上ツアーが終わる頃、かすかなエンジン音が徐々に大きくなって、三機のヘリが現れた。見送ったのはほんの数十分前だったのに、なんだかとても懐かしく、よく迎えに来てくれたと、感謝したい気分になったのはなぜだろう。


再びバスに乗り込んで、キャンプ場に向かった。炭火で焼いたサーモンステーキの匂いが漂ってくる。急に空腹に気づく。草木も動物も何一つ生息していないと見えた漠々とした氷河から、たいして離れていない場所に、この豊かな緑の木々が茂る森があるとは驚きだ。ギターの生演奏を聴きながら、バイキング式のランチを楽しむ。山から流れ出た渓流には、サケが遡上してくるのだろう。流れに沿って、サケを絵図にした掲示板が何枚も立っている。その種類の多いこと。しかしシーズンではないので、本物を見つけることはできなかった。ここでもタンポポが満開だった。

決められた帰船の時間までは自由行動だ。みやげ物屋を覗きながら町を散策する。宝石店が多いのは、ゴールドラッシュの名残だろうか。さすがにサケの燻製や缶詰がいっぱい。メープルシロップは有名だが、白樺から採ったシロップが珍しい。

坂の多いジュノーの町の、フランクリン坂にある気に入りの古本屋での話が、星野道夫の、『旅をする木』にあって、とても興味深いが、ここでは割愛する。十九世紀末、その辺りの谷でも金が見つかり、狭い山の斜面に這いつくばるように家を建て、この町が作られたらしい。今でも外へ通じる道路も鉄道もなく、飛行機と船だけが交通手段だが、アメリカ中探しても、これほど美しい州都はないかも知れないと、記している。

クリミア戦争（一八五三〜五六）で敗れた帝政ロシアが、アリューシャン列島を含むアラスカ全土を、一八六七年に、わずか七百二十万ドルでアメリカに譲渡した。当時、ゴールドラッシュで沸いていたジュノーが、港町シトカに代わって、州都になった。これも彼の本から教えられた。

星野道夫をもう少し知ろう。

子どもの頃からの冒険心を、如実に表しているエッセイがある。

十六歳（一九六八）の夏、家族の反対や、資金など幾多の難関を越え、ブラジルに向かう移民船で横浜港を出航した。二週間後に、ロサンゼルスに着いた時のことを、こう書いている。

「何ひとつ予定をたてなかったぼくは、これから北へ行こうと南に行こうと、サイコロを振るように今決めればよかった。今夜どこにも帰る必要がない、そして誰もぼくの居場所を知らない……それは子どもも心にどれほど新鮮な体験だったろう。不安などかけらもなく、ぼくは叫びだしたいような自由に胸がつまりそうだった」

（『旅をする木』）

年齢が若過ぎて、自分のなかに充分吸収する余裕はなかったかもしれないが、これほど面白かった日々はない。危険と隣り合わせのスリルと、沢山の人たちとの出会いがあった。自分が暮らしているここだけが世界ではなく、様々な人たちが、それぞれの価値観を持ち、遠い異国で、自分と同じ一生を生きていることを気づかせてくれたと、二カ月の旅を振り返って、言っている。

十八歳の頃、神田古本屋街の洋書専門店で見つけた、一冊のアラスカ写真集を、読み尽くし、夢を繋ぎとめていたそうだ。

その中で、空撮したエスキモーの村の、不思議な光線に惹かれていた。本の隅の活字で、シシュマレフ村だと知り、住所も不充分のまま、村長宛に、

「村の生活にとても興味があります。訪ねたいと思っているのですが、誰も知りません。仕事はなんでもしますからどこかの家においてもらえないでしょうか」（『風のよう

な物語』)

と、手紙を書く。投函したことも忘れかけていた半年後、訪問を歓迎するとの返事が届いた。

翌年の夏、何回も飛行機を乗り継いで、その村に着いた。現地では、クジラ漁について行ったり、写真を撮ったり、村長の三歳の娘のお守りをしたりしながら、三カ月を過ごした。

シシュマレフのことを、何もないのに豊かだ。何もないのに神々しいと、表現している。

この村には何度も戻って来て、家族同然の扱いを受けている。アザラシやクズリの毛で、お婆さんが作ったパーカーを、長年愛用しているいい話が、『風のような物語』にある。

慶応大学を卒業した後、アラスカ大学野生動物管理学部に入学。以来、彼の人生の大半を、憧れの地で暮らすことになる。

「ジーンズ姿の星野は、十七歳年上だったが、全くの少年でした」と、妻直子さんは初対面の印象を語っている。ホッキョクグマやカリブーの群れなどの写真を見て、撮る人の動物への温かい愛情を感じ、次第に引きつけられたそうだ。九三年に結婚。フェアバンクスに家を建て、翔馬くんが誕生したが、星野は九六年に死去。息子は一歳。結婚生活はわずか三年だった。

ヒグマ襲撃事件については、後に譲ろう。

北に上るに従って、日の入りは遅く、ジュノー辺りでは十時前。日の出は四時過ぎである。白夜とは言い難いが、薄明の夜が続く。

船はインサイド・パッセージの最北端の町である、スキャグウェイに向けて航行中だ。オーロラは無理かもしれないが、クジラは見えるかも知れないと、明日への淡い希望を抱きながら、眠りにつく。

(三) ゴールドラッシュの名残

新しく金が発見された場所に、一攫千金を夢見る採掘者たちが、金脈を探すため殺到することを、ゴールドラッシュという。

一八九六年、アラスカとカナダの国境近くで発見された金鉱への、最短ルートだったスキャグウェイは、アメリカ全土から人々が押しかけ、町の人口は、俄かに何十倍にもなった。この町から、カナダのユーコン準州の州都、ホワイトホースまでの、約一八〇㎞を結ぶ「ホワイト・パス&ユーコン鉄道」が敷かれた。四年後に開通した時には、もうゴールドラッシュは終わっていたが、その後もずっと鉱石運搬に使われた。一時中断の期間もあったが、クルーズ船が来るようになり、二十四年前から、観光目的で運行することになった。

接岸したすぐ側の岩肌の斜面に、寄航船の記念プレートがいくつも、カラフルにペイントされている。その辺りが列車の発着駅で、プラットホームはなく、短い梯子で道から直に乗る。黄と緑の二色に塗られた旧式のディーゼル機関車三台が、連結された。見晴らしの良い左の谷側に、席が確保できた。アメリカ人の友人夫婦も、二つ前に落ち着いた。座席は革製で硬いが、そんなに座り心地は悪くない。窓は開かない。各車両には石炭ストーブが置かれている。

渓流に沿って、緑の林を過ぎると、少しずつ上りがきつくなり、木々の間から雪を頂いた山が、見え隠れする。湾曲した線路は、はるか先の先頭車を窓外に見せてくれる。

かなり長いが、いったい何両繋いでいるのだろう。まるで鉄道模型のジオラマを見ているようだ。

海抜0mから上り、三二㎞先の終点ホワイト・パスでは、八七九mになるので、かなりの標高差だ。レールの間隔が、標準の一四三五㎜よりも狭い、ナローゲージを採用している。車両や機関車が軽量化でき、線路も簡易なもので済むし、橋梁やトンネルで、小半径の曲線を使えるという理由からだ。ちなみに、JR在来線もナローゲージだそうだ。

高度三〇〇m辺りに来ると、深い谷から立ち上がった木製の橋が見えてきた。まだらに雪をかぶったなだらかな山に架かっているが、なぜかその端が、先に繋がっていない。一瞬どきりとしたが、列車は少しずれて新しい橋を、静かに進んだ。朽ちた旧橋をそのまま放置しているのは、見物させるためなのか、撤去に費用がかかるからなのか。取り敢えず、観光客をぎょっとさせる効果はありそうだ。峡谷からそそり立つ橋脚は、スリル満点で、窓が開かないことが、辛うじて私を落ち着かせている。

複雑な橋桁の組み方が、兵庫県香美町の余部《あまるべ》の鉄橋を連想させた。二〇一〇年に新品に架け替えられたが、開通は百年ほど前になるので、この鉄道と年代的には余り違いがない。遥かにこちらが高いだろうと、思いを遠いところに運んでいるうちに、我が車両はトンネルに入った。

急に視界が遮られ闇になった。今まで気づかなかったが、この列車には電灯がない。トンネルを出ると雪国だった。この言葉がぴったりの風景が広がっていた。

次のトンネルまでの切り立った谷間は、「デッドホース渓谷」と呼ばれている。鉄道敷設以前、荷物運搬を馬で賄っていた頃、過剰な積荷と飢えのため行き倒れた馬を、その谷に置き去りにしたので、この名前が付けられた。その数は三千頭に及んだそうだ。

馬ばかりではない。何百人もの金鉱探しの男たちが、アリの列のように連なって、急峻な峠を登る写真が、パンフレットにある。カナダ政府は、各自の食糧を持参する規則を課していたので、物資を運ぶために、三カ月で四十回も往復したそうだ。深い雪のなかでの難作業だから、きっと沢山の死者も出たことだろう。

そそり立つ険しい山肌を縫うように列車は進み、両脇に整えられた雪の壁が見えてきて、終点に到着した。九十分の片道だった。

停車時間にトイレを使ってみた。清潔だったが水の出が悪い。まあ、そうであろうと不平はない。帰路は左右の座席を交代するようアナウンスがあり、山側の眺めも楽しんで、三時間の列車の旅は終わった。

ダウンタウンには、ゴールドラッシュの名残を残す町並みが保存され、ノスタルジーを駆り立てる。まるで西部劇のセットの中にいるようで、保安官に扮したジョン・ウェインや、ゲイリー・クーパーが、目深な帽子に渋い顔をして、現れるような錯覚をおぼえる。

メイン通りの角に、人が群がる喫茶店がある。娼婦風の衣装をまとったウエイトレスが、飲み物を運んでいた。何でも当時は娼婦の館だったとか。ドアを開けては写真を撮って行く人が絶えない。

映画『幌馬車』の場面を思い浮かべていたら、何と、一頭の白馬が引く赤い車輪の馬車が、ゆっくりやって来るではないか。黒の長いガウンを着た金髪の女性が、御者席に座っていた。

現在、人口八百人のこの町に、年間十五万人もの観光客が訪れるのだから、サービスに余念のないのも無理からぬことだろう。

（四）ヒグマに捧げた命

スキャグウェイを出発した船は、南下して、グレーシャー・ベイ国立公園を目指している。

「世界自然遺産」に登録され、ユネスコから「生物圏保護地区」の指定を受けている公園は、入り組んだフィヨルド地形に囲まれた内海と、大小の島々からなる。一日に大型客船の入園は、二隻に限り許可している。入り口付近で、パークレンジャーと呼ばれる公園管理人が、小型船から乗り移ってきて、午後にはシアターで講演の予定だ。

南東アラスカの海を、何週間も船上の旅をしていた星野道夫は、

「この海は実に豊かで、オヒョウ、サケ、カニなどはいつでも好きな時に獲れ、旅をしながら新鮮な食べ物に事欠きません」（『旅をする木』）

と、著書に書いている。その時、七月にも拘わらず、白夜の明るさを突き抜けて現れたオーロラを、見たそうだ。またザトウクジラの親子に出あい、何度も自分の船のすぐ

下をくぐって、まるで一緒に遊ぼうとしているようだったとか。さまざまな入り江を見たが、ここほど神秘的で美しい氷河の湾（グレーシャー・ベイ）は知らないとも、記している。

ここが間違いなく今回の我が旅の、ハイライトになるだろうと、期待が膨らむ。

星野道夫は結婚後、中央アラスカのフェアバンクス郊外で、針葉樹と白樺に囲まれた小高い丘の家に住んでいた。ページをめくるように、はっきりと変化してゆくこの土地の季節感が好きだと、エッセイに綴っている。

TBSテレビの人気番組「どうぶつ奇想天外」の、「ヒグマと鮭」の撮影のため、ロシアのカムチャッカ半島クリル湖畔に、一九九六年七月二十五日から滞在していた。TBSスタッフ三名と、現地の兄弟ガイド二名は、小屋に泊まったが、そこから一〇mほど離れた所で、星野はテントで眠った。

二日後、その近くにテントを張ったアメリカ人の写真家が、夜、金属音で目覚め、小屋の食糧庫によじ登るヒグマを発見。体長二m超、二五〇kgの巨大な雄であった。大声を出して手を叩くと、地面に降り、星野のテントの後方に周った。その時彼はテントから顔を出し、近くにヒグマがいると知って、ガイドを呼んでと、写真家に頼んだそうだ。小屋から出てきたガイドは、鍋を叩き鳴らしながら、七、八mぐらい離れて、クマ除けスプレーを何度も噴射したが届かず、悪戦苦闘の末、ヒグマは、何とかテントを離れた。ガイドたちは、彼に小屋で寝るように説得したが、この時期は、鮭が川を上ってきて食糧は豊富なので、人間を襲ってこないと、取り合わなかった。危険を感じたアメリカ人は、その時点で、観察タワーに宿を移した。

八月八日午前四時頃、星野の悲鳴とヒグマの唸り声が、暗闇のキャンプ場に響きわたった。ガイドが懐中電灯で照らし、大声を上げて、シャベルをガンガン鳴らしたが、星野を咥えたヒグマは、一度だけ顔を上げたが、そのまま森に消えた。

テントのポールは折れ、寝袋は引き裂かれていた。無線で救助を要請。ヘリコプターで到着した捜索隊は、上空から当の巨体を発見して射殺した。食い荒らされた姿で、彼の遺体は、森の中にあったそうだ。

これは、インターネットで見た「遭難報告書」からの、事故のあらましである。

小屋に泊まることを本当に拒否したのか、なぜ危険を犯してテントに寝たのか、彼の本意を推し量ることは、今となっては不可能だ。

襲ったのは、地元テレビ局の社長が餌付けしていた、ヒグマだった。従って、人間の持っている食糧の味を知っていて、何度も食糧庫を荒らそうとしていたのだ。加えて、この年は、鮭の遡上が遅れて、食べ物が不足していたという不幸が重なった。あんなに野生のクマを愛した彼が、野生を喪失したクマに殺された。なんという悔しい悲劇であろう。

彼は基本的に、銃を持たない主義だ。持つとそれに頼り過ぎて、動物と対面する場面で必要な緊張感を失い、不用意な行動をしてしまうのではないか。脅威でもないのに、そう妄想して、撃ってしまうのではないかと怖れるからだ。もっとも、自然保護区の規則で、キャンプ内では所持も使用も禁止されていたが、決して、彼がクマを軽んじていたのではない。

「……たとえ出合わなくても、いつもどこかにクマの存在を意識する。今の世の中でそれは何と贅沢なことなのだろう。クマの存在が、人間が忘れている生物として緊張感を呼び起こしてくれるからだ。もしこの土地からクマが消え、野営の夜、何も怖れずに眠ることができたなら、それは何とつまらぬ自然なのだろう……」

と、書いている。

大都会の電車のなかで、また雑踏で人に揉まれているとき、ふっと、ヒグマのことが頭をかすめる。どこかの山で、一頭のヒグマが倒木を乗り越えながら、力強く進んでいる。そんな光景が浮かぶとも、彼は言っている。

「彼の人生があの時点でクマとの遭遇によって終わったについては、たぶん自然の側に、霊的な世界の側に、なにか大きな理由があったのだ。たぶん彼自身、よく納得していることなのだ。あの時点での彼の死はどんな意味でも理不尽なものではなかったのだ」

「大事なのは長く生きることではなく、よく生きることだ。そして、彼ほどよく生きた者、この本に書かれたように幸福な時間を過ごした者をぼくは他に知らない」

これは、星野の本、『旅をする木』の「解説」のなかで、作家の池澤夏樹が言っている言葉である。

(五) グレーシャー・ベイ

十六もの氷河が流れ込んで、かつてこの地域全体は、厚い氷に覆われていたが、徐々に縮小し、氷河が後退した跡に広がっているのが、グレーシャー・ベイ国立公園だ。西側に連なる四〇〇mを越す急峻な山々の斜面を、流れ落ちる氷の帯のダイナミックさは、アラスカのみならず、世界でも類がないそうだ。

我々の今日の目標は、湾の先端にある「マージェリー氷河」と、「グランドパシフィック氷河」だ。手前の入り江にある「ジョンホプキンス氷河」は、ただ今、アザラシの出産時期で近づけないと、船内放送があった。

いくつもの氷の塊が漂う水路を、ゆっくりと進んだ船は、午前九時ごろ、巨大な氷壁の前に止まった。

「着いた。これがかの有名な氷河！」

バルコニーから見たそれは、美しいブルーだった。急いでジャンパーを着込み、カメラと双眼鏡を持って、船室を飛び出した。少しでも近くで見たかった。小雨がしとしと降っているが、左舷の手すりには、もうすでに沢山の乗客が何重にも列をなしている。人垣をぬって、高さ一二〇〇m、幅三〇㎞の分厚い氷河の壁と向き合う。湧き出したような霧に遮られて、後ろの山はぼんやりと霞んで見える。

時折、氷に閉じ込められた空気の泡がはじけ、轟音を発しながら崩壊し、水に落ちて、

「パッシャ！」と響く。双眼鏡を覗いて、崩れそうな場所を凝視するが、別の所で音がして、探しているうちに、もとの静かな壁に戻ってしまう。これはビデオで撮るのがいいと構えてみるが、なかなか予想の場所が当たらない。一度もその感動の一瞬を捉えられないのに、カメラを持つ手が凍えてしまいそう。幾人もいるが、皆が耳をすましているので、割合静かだ。

ビデオカメラに向かって小声で、

「今、九時二十五分です。もう十五分もデッキに立っています」

「まだ一度も崩れる瞬間に出合っていません」

などと、解説を入れながら、ひたすら待つ。こんな時は、日本語が周りに通じないことが有難い。英語やいろいろな言語が耳に入ってくる。そういえば、日本人も五十人ぐらいは乗っているとの情報があったけど、あまり会わないものなのだ。

いい場面を目にしたのか、「ワンダフル！」と横の人が言う。「いいな、どこが崩れたの」と、尋ねてみたいけど、聞こえてから探しても後のまつりで、空しいばかり。何事も無かったように、元のままなのだから。

「手がかじかんで寒いです。雨はまだ降っています」

「もう少し頑張ってみまーす」

景気づけに大きな声で吹き込んでみる。

毎年、八月の初め、西の海辺と東の山から、同じ日に打ち上げ花火が上がる。我が家の二階からは、遠くではあるが、両方を眺められる。家事をしながら、「ドーン」が聞こえると窓辺に走るが、大抵はもう消えてしまって、しょぼくれた名残の燃えカスが尾を引いているだけだ。

なぜ今、このアラスカの氷に囲まれて、夏の花火を連想するのか不思議だが、要は、音は光よりも遅いということだ。耳に達した時は既に遅い。ここで、物理に長けた人なら、崩壊を見て、音が届くまでの秒数から、氷河と船との距離を出せるのだろう。そういう能力は私にはないが、おそらく、三〇〇mいや、もっと遠いかも知れない。

三十分も居ただろうか。人影もまばらになって、ブーツの足も冷えてきた。

「いいチャンスのシーンは撮れなかったけど、諦めて引き上げます。これで終わり」

ビデオのスイッチを切った。

崩壊が最近は特に進んでいて、一日に二mが失われ、どんどん氷河の後退がスピードを増していると聞いた。むげに「崩壊ショー」を望むのは罪なことではないかと、変な理屈を当てはめて船室に戻った。

右舷、左舷、両方のキャビンの乗客が満足できるようにと、船はおごそかに少しずつ動いて方向転換した。

しばし暖を取って、バルコニーに出ると、かもめが群れ飛び、欄干にも羽を休めに来る。近くで見ると、かなり大きくて恐ろしいとさえ思える。島は相変わらずの霧で、期待したクマなど動物の姿も認められず、運がよければ、イルカやクジラも見られると、案内書にはあったが、時期が悪いのか、水面は、花筏みたいに無数の氷を浮かべているばかりだ。

一時間半の停泊の後、客船は、巨体で氷片を掻き分けるように、ゆったりと航行を再開した。

途中、土で黒っぽくなっているグランドパシフィック氷河を、船窓に見るが、青の美しさに欠け、先ほどのような感激もなく通り過ぎた。両脇のフィヨルドの風景をなぞるように、南に向かって進んだ。

（六）雨と霧の町ケチカン

インサイド・パッセージの最南端のケチカンは、人口一万五千人のアラスカ州で四番目に大きな町だ。

船は、ピンクやオレンジに塗られたカラフルな町並みの、すぐ側に接岸した。海と山の間のわずかな平地を走る、メイン道路に沿って、土産物屋が並び、ダウンタウンとなっている。アメリカ大陸の中でも、最も雨の多い地域の一つということだが、やはり雨だった。

観光客の溢れる繁華街を尻目に、バスに乗り込み、「空から訪れるミスティフィヨルド国立公園」ツアーに出発した。

木の桟橋を伝って、水上飛行機に乗り込む。十人ほどの乗客に日本人はいない。ヘッドフォーンを付けて、シートベルトを締める。ほんのしばらく水面を進んで、意識せぬうちにふんわりと飛んでいた。眼下には、霧にけぶるフィヨルドがぼんやりと見える。高い木が密集しているところも、流木がうち重なっている入り江もある。時折、雨は強くなり、窓からの視界を遮る。風に煽られて機体が上下、左右に揺れる。まだ十数分しか飛んでいないのに、気分が悪くなってきた。一時間強の飛行時間の前途を思うと、泣けてくる。

私は、船酔い車酔いが常だ。それは百も承知している。だからいつも酔い止め薬を持ち歩いているのに、何ということだろう。重い荷物は持てないと聞いて、乗る時に預けたその中に、薬は入っていたのだ。今こそ必要なのに。大いなるミスである。

うつろな眼で周りの景色を見る余裕もなく、ひたすら、時間が早く過ぎるのを待つ。もう限界かと思ったとき、霧のベールを脱いだように、急に陽が差してきて、機は静かに着水した。さざ波ひとつおきない穏やかな湖面だった。ドアが開けられて、綺麗な空気が入ってくる。少しずつ気分を取り戻せる自分にほっとした。乗客は水上機のフロート（浮船）に降りている。私はとても怖くて、足を下ろせなかったけど、開いたドアの側で、湖水に鏡のように映る鮮やかな緑を満喫した。

約十分の停止の後、帰路についた。どうか、このまま静かに飛んでくれと、祈る思いだった。ああ、それなのに、機長は、まるでスリルを楽しむかのように、機体を大胆に旋回させる。時計ばかり何度も見る。あと、七、八分の辛抱だと自分に言い聞かせ、ここは持ちこたえなくてはいけないと、自身を激励しながら、じっと目を閉じて耐える。なぜ、このツアーに決めたのかと、埒の明かない後悔を心で繰り返していた。

黄色い木々が一面に広がっている、ひと際明るい一帯に目をやると、その茂みから弧を描いて立つ虹が見えた。通路を挟んだ席にいる夫に、合図しようとしたが、彼もどうやら、酔いと戦っているようで、目を閉じている。空から見る虹は初めてだった。まるで突き刺さっているように見える。これは美しい。一瞬、酔いを忘れたかに思えた。元気を出せと慰めてくれたのだろうと思えた。危機を虹に救われて、やっと桟橋に着いた。誰にも迷惑をかけずに済んだことを、一つの喜びとし、降りると晴れやかな気分が戻ってきた。


雨のダウンタウンのみやげ物屋を、拾い歩きした。ケチカンは別名、「世界のサーモンの首都」と言われるだけあって、缶詰がどこの店の棚にも並んでいる。重いのを承知で、三個買った。

サーモンにも増してこの地を代表するものは、トーテムポールである。大小さまざまな、ビビッドな色の土産用が、所狭しとひしめき合うように立っている。

女の子だのに宝塚も知らないではと、案じた母が、知り合いに頼んで、私は宝塚歌劇場に連れて行ってもらったことがある。それは、遠い昔のこと、たしか中学二年か三年の頃だった。タイトルは、はっきりしないが、その出し物の一つが、「トーテムポール」だった。ステージの中央に、色鮮やかな高いポールが立ち、バンダナを巻いたインディアンの少女が主人公だったと、記憶しているが、ストーリーなどは思い出せない。トーテムポールという言葉を聞いたのも、その時が初めてのことだったから、その光景は印象に残っている。

ちなみに、私は母の好意を裏切るようだけど、宝塚歌劇が、あまり性に合わなかった。まだ洋画を見る方が好きだと思ったのを、はっきりと覚えている。以来、あの華やかな舞台には、余り縁がなく過ごしている。

「北アメリカとユーラシアが陸続きだった約一万八千年前、干上がったベーリング海を渡り、インディアンの祖先の人々が北方アジアからアラスカにやってきた。(略)彼らは北アメリカをゆっくりと南下しながら広がってゆくが、その中に南東アラスカの海岸にとどまった人々がいた。後にトーテムポールの文化を築きあげた、クリンギット族とハイダ族である。ハクトウワシ、ワタリガラス、クジラ、ハイイログマ……トーテムポールに刻まれた不思議な模様は、遠い彼らの祖先と伝統の記憶である。が、それは後世まで残る石の文化ではなく、歳月の中で消えてゆく木の文化であった」

（『旅をする木』）

と、星野道夫は書いている。

動物や鳥、海、川、湖に住んでいる生き物が彫刻されているが、それは部族の紋章で、その背景になった伝説や物語が存在し、代々口承により続いてきている。家の中の支柱として創られたり、飾りとして置かれたりもした。また、特別な事件や出来事を、記念するものや、義務履行を請求するための、標識の役目をしたものもある。特定の部族の土地を主張する領域柱にも用いられた。

星野は、観光用に作られたものではなく、博物館に陳列されたものでもない、どこかでひっそりと眠る往時のトーテムポールが見たいと、切望していた。アラスカとカナダの国境近くの、クイーン・シャーロット島にまだ残っているらしいと耳にした。小さなゴムボートで、木の葉のように揺られながら孤島に辿り着いた。そこで、一本のポールの前で立ち尽くした。そのてっぺんから大木が生え、根がポールを伝って地面まで伸びていた。上部の形から、人を葬ったものであると認識した。ハイダ族はトーテムポールをくり抜いて、人を埋葬していたのだ。その上に偶然落ちたトウヒの種が、人間の身体の栄養を吸収して、歳月の中で成長したのだ。この島に人が住んでいたのは、七千年前のことだが、神話の時代を生きた最後のトーテムポールは、あと五十年もたてば、森の中に形跡もなく消えていくだろう。人間の歴史は、ブレーキのないまま、ゴールの見えない霧の中を走り続けていると、述懐している。

と、すると、墓地にも立てられ、墓碑としても使われていたことが判る。

ケチカンの思い出に一つ買って帰ろうと、物色して歩き、他のものとはちょっと違う、彫刻が丁寧になされている店を見つけた。随分迷いながら四〇㎝ぐらいのものに決めた。

その説明書には、サンダーバードは襲いかかって、大きな魚をその口で捕まえると、書かれている。サンダーバードは、先住民の神話では、雷雨を招く巨鳥だと言われている。その鳥がポールのてっぺんに、ピンと両耳を立て鋭い目を大きく張りながら翼を広げ、その配下におびえる生き物を抱えている。鷲の嘴などもデザインされていて、ポールの裾には、カエルのようなものも彫られている。全体は赤色に塗られ、黒と緑の差し色の効果もあり、手触りも滑らかでいい。星野の見たものを、少しでも想像できるような満足感もあった。

船の入港、出港の時には、必ず水先案内船が、先導してくれる。ケチカンを出る際には、二隻の赤い船が、まるでショーでも披露するように、白い波しぶきを上げて、巨船の脇を何度も遊弋《ゆうよく》した。空では水上飛行機が、名残を惜しむように旋回しながら見送ってくれる。酔いを詫びてくれているのかもなんて、自室のバルコニーから思わず手を振った。

最終の停泊地は、カナダのビクトリアだった。入港は夜の七時、出航まで四時間余りしかなく、しかも夜だし、以前に行ったこともあるので、下船しないことに決めた。

ディナータイムは、二度に分けられていて、時間とテーブルは乗船の時から固定されている。従って、サービスをしてくれるウェーターはいつも同じで、飲み物の好みも周知していて、笑顔で用意してくれる。メニューは、前菜、メイン共に四種類ぐらいから自由に選べ、一日たりとも同じものはなかった。

最後のディナーは、ビクトリア停泊中で、隣の人たちは、下船したのだろう、テーブルは空だった。一段とサービスがよく、盛り上がって、写真を何枚も撮ってもらった。

彼らは、シアトルに帰ったら、折り返しまたこの船で同じコースの業務に就くそうだ。

オーロラは厳冬に多く見られるものだし、名物のサケの遡上には、まだ月日を要した。ヒグマには、船上からはとても会えるものではない。ザトウクジラは、ハワイの海で、出産と子育てをした後、四〇〇〇kmを旅して、サケやニシンの豊かなアラスカの海に来て、脂肪を蓄えるそうだ。まだその季節には早過ぎた。夫の仕事に便乗の旅では、ハイシーズンの日程を選べないのも無理はない。しかし、玲瓏で神秘的な氷河に降り、耳朶《じだ》に残る崩落のこだまは、別天地の出来事だったように思われる。また、星野道夫を知り、アラスカのことを沢山教えてもらった。彼と共に旅をしているような、豊かな気分の一週間だった。

彼は、沖縄で書いた原稿を、亡くなる数日前に、カムチャッカで出会った日本人に託した。二歳にならない息子は、アラスカで育っていくだろうが、日本の自然の美しさをしっかり教えてあげたい。息子と一緒に沖縄の海に潜りたいと、記したのが、絶筆となった。怨嗟を重ねてもせんないことであるが、夢半ばでの彼の死は、今さらながらに惜しまれる。

我がゴールデン・プリンセス号は、七泊八日の旅の終着港を目指して、航行を続けた。

（二〇一三年八月）

ゆたかで深い世界

森本　穫《おさむ》

本書の著者、山田英子さんは、今から六年前の二〇〇九年に第一随想集『刻《こく》を紡ぐ』を刊行された。その装幀の美しさと、彫琢された文章、ゆたかな作品世界に驚嘆し、感動した記憶は、昨日のことのように鮮明だ。

今回も、同じ編集工房ノアから、新しい作品集『刻《こく》のアラベスク』が上梓されることを、とてもうれしく思っている。

山田さんと知り合ってから、もう長い。二十年近いのではなかろうか。多分、初めは姫路文学館で、私の近代文学の講義を聴いてくださったことではないかと思う。山田さんや、その仲間の方たちと知り合えたのは、私にとっても、有難い経験であった。

ほんの二、三度だが、お宅にお邪魔させていただいたことがある。その一度は、友人たち七、八名を招いての、クリスマスの音楽会だった。ご夫妻と、その個人レッスンの、チェロとヴァイオリンの先生方もご一緒してくださった。

そのころは、私もピアノを習っていたから、当日、モーツァルトの曲を間違いだらけながら、弾かせていただいた。先生方も演奏してくださり、ご主人はチェロを、夫人はヴァイオリンを披露されたのである。お友だちの一人がみごとなピアノ演奏を披露してくださったことも、忘れがたい。集いの最後に全員で歌曲を歌う、というプログラムも用意されていた。

ゴディバのチョコレートと、さまざまなワインが振る舞われた。まことに贅沢な、夢のような一夕であった。

この音楽パーティが催された山田家の二階の応接間こそ、音楽の殿堂であり、現実から離れた別空間なのである。

たとえば私など、大学生になった時から名曲喫茶に通うことを覚え、クラシック音楽を存分に享受した世代である。卒業後も、クラシックと共に生きてきた。だが、それはレコード（あるいはＣＤ）を聴くことであり、それ以上のものではなかった。

ところが、山田家のクラシック音楽は、ウィーン・フィルの演奏を聴きにゆくことであり、姫路交響楽団の定期演奏会を支援することであり、二階のこの部屋で、先生の個人レッスンを受けたり、演奏会に出演したりすることなのだ。

私は『姫路市史（現代篇）』の、戦後姫路の音楽文化について書く取材のために、この二階にお邪魔したこともあった。そこには、ご主人とともに、もう五十年近く弦楽器の演奏をつづけている姫路近辺の弦楽奏者たちが毎月一度、土曜日の午後に、カルテット（四重奏曲）の練習をするために集まってこられるのであった。

四人の老演奏家たちが、いっせいに弦を大きく動かして、「アイネ・クライネ・ナハト・ムジーク」を奏で始めたとき、本当に私は、魂が抜けるような、異様な感動を覚えたのである。

皆さんは、チェロやヴァイオリンが、すぐ一、二メートル先で奏でられる場面に遭遇したことがあるだろうか。

それは、想像するよりも遥かに大きな音色なのであり、その旋律の艶《つや》やかさは、とうてい文字にはできない、魂が吸い込まれるような天上の美しさなのである。

山田家の二階のこの一室は、そのような生《なま》の、本物の音楽が生み出される、そういう稀《まれ》な場なのだ。

山田さんの邸宅は、姫路市の北郊、八丈岩山《はちじょうがんざん》の山ふところの高台にある。そこで、この二階からは、白鷺城と、その裾の山が、また隣の男山が、姫路の市街とともに一望できるのである。その眺望に加えて、その庭の花や樹木の多彩さも、著者の精神生活の基盤をなしている。

作品にも出てくるように、三本の大木《たいぼく》、センペルセコイヤをはじめ、山桃、紅葉、山茶花《さざんか》、姫沙羅《さら》、紫陽花《あじさい》、山椒、鳴子百合、常磐満作《ときわまんさく》、海猫桜《うみねこ》、五色椿、李《すもも》、金木犀《きんもくせい》、蔓桔梗《つるききょう》、芍薬《しゃくやく》、額紫陽花《がくあじさい》、雪柳、木瓜《ぼけ》、桃、梅、酔芙蓉《すいふよう》、躑躅《つつじ》、馬酔木《あせび》……などがある。

季節ごとに、それぞれの花木の花や葉や香りを、しみじみと味わうことができる。このような、自然に恵まれた生活の根拠地も、山田作品の重要な要素をなしている。

著者を語るのに、もう一つ、ご主人の存在を忘れることはできないだろう。最近刊行された英文の著書によると、原子分子物理学の学究である。長年、京都大学に勤めてこられた。このため年に幾度か、海外各国で開催される学会に出席する。すると夫人はいそいそと同行し、ご主人が会議に出ておられる間、電話もメールも来ないホテルで、のんびり読書三昧に過ごしたり、休暇を利用して、大好きな、また憧れていた美術館を訪問したりする。この、さまざまな異国への旅が、山田さんの人生と作品世界を、ゆたかに広げ、深めている。

およそ三十五年前の一九七九年（昭和五十四年）、その前年から、ご夫妻と二人の息子さんは、アムステルダムで一年余りを過ごされた。ご主人がオランダの国立原子分子物理研究所（ＦＯＭ研究所）に招かれたからである。

その一月一日にウィーンへ、ウィーン・フィルのニューイヤーコンサートを聴きに一家で行かれたことは、前著でも印象的だったが、このときの海外生活が、著者の生涯と作品世界の、一つの原点となっている。異文化に接するとまどいも沢山あったが、古い文明国の優れた文化や生活にふれたことも、山田さんの世界観を深めた。また、アムステルダムを根拠地として、ウィーンやパリへ足を延ばすことができたのも、豊穣なヨーロッパ文化を摂取する絶好の機会となった。

山田さんの作品世界の一つは、音楽、美術、文学の素養と深い関心である。次に、生活の一つ一つに注ぐ眼だ。さらに、人間に対する深い信頼と愛情が、これらの世界を支えている。

音楽については、その一端は述べたとおりだが、ご主人のチェロの演奏歴は長い。演奏会で独奏することも多かった。また夫人は、「台所のアラベスク（一）」にもあるように、ここ三年ほど前からヴァイオリンを再開され、個人レッスンを受けている。

美術についても、著者の美術好きは、すでに格別な領域にある。

何よりも驚かされるのは、画集や写真で見るばかりではなく、その作品が展示されている美術館を訪問して実物を見る、という情熱である。

文学も、山田さんの造詣と関心は、広く、深い。本書でも、百人一首を原風景に（「ふるさとの訛《なまり》」）、夏目漱石（「文豪とターナー」）、石川啄木（「ふるさとの訛」）をはじめ、北原白秋・野口雨情（「色が好き（四）」）、尾崎放哉・種田山頭火（「春は来たのに」）、太宰治（「シャイな日本一」）、山崎豊子（「活字を追いながら」）、吉村昭（「春は来たのに」）、村上春樹（「色が好き（三）」）、田辺聖子（「すき焼き譚」）、向田邦子（「立ち位置」）、道浦母都子（「花眼の功罪」）、中西進（「シャイな日本一」）、カズオ・イシグロ（「デジャ・ヴュ」）など、幅広い視野がある。

本書は、さまざまな領域にわたる五十七編の作品から成っている。そしてその一つ一つが、その刻限ごとの、たった一度きりの、華麗なアラベスク模様をなしているのだ。

第「I」章の二十三編は、万華鏡のように、香り高い文章が次々と山田英子の世界を繰り広げてくれる。著者の原点の一つであるアムステルダム時代の思い出「おかっぱ」から語り起こされ、やはりオランダ時代の「シンタクラース」が、面白く、また異国の慣習に尽きせぬ興味を抱かせてくれて楽しい。

「菊のかおり」は、母の二十五年の法要を機に、母と父の思い出が語られて、深い感銘を呼ぶ。山田さんの音楽愛好の原点も描かれている。「シャイな日本一」と「マイブーム遺産」は、著者の新幹線好きと珈琲への愛とこだわりが綴られて、著者をより深く知ることが出来たとうれしくなる作品だ。共感するとともに、著者と語り合いたくなった。「いのちの終わりに」と「春への招待状」は、庭のスモモの木の美しい最期《さいご》と、春の訪れを描いた作品。山田家の木々に囲まれた庭が眼に浮かぶようである。

「半世紀を経て」は、学生時代の旧友に再会した喜びと、著者の愛する「お城の前のレストラン」が印象的。「戸をたたく音」は、トスカニーニ指揮のベートーベン『運命』のレコードが懐かしい。私も、最初に買ったレコードが、まさにこの一枚だった。

「文豪とターナー」も、著者の文学好きと美術好きが融合した一編だ。『坊っちゃん』の夕日の一節から、神戸市立博物館の展覧会へ出かけて、ターナーについて蘊蓄を傾けるところは、まさに山田さんの独壇場である。

第「II」章は、さらに充実した十編が集められている。

「淑気《しゅくき》」は、少女時代の、懐かしいお正月風景から、ご両親の思い出が語られて、今は喪《うしな》われた日本の原風景に出会った思いがする。「一年の計は十月に」には、著者の書斎術が開陳されている。書斎術とは、知的生活を、より快適、合理的に続けるための生活技術である。著者が嘆くとおり、カレンダーと手帳は最も重要なアイテムなのに、なかなか、ぴったり合ったものがない。その中で、いかに自分に合ったものを選ぶか、どのように使うか、とてもいいヒントを、いくつもいただいた。「活字を追いながら」も、電子書籍を実際に使ってみて、紙の本とを比較して、著者の結論を教えてくれた、これまた貴重な実践報告。とても裨益《ひえき》された。

「赤い実はもうないのに」「一カ月の居候」は、わが庭に来てくれたヒレンジャクの大群とヒヨドリとの愛情交換の記録である。

「すき焼き譚」は、主婦らしい、細やかな心づかいが述べられた楽しい作品。父親と「わが亭主どの」の比較描写がユーモラスだ。「照葉《てりは》に誘われて」も、お城のほとりの魅力が存分に語られて、すばらしい。

第「Ⅲ」章の八編は、本書のなかでも、最も著者の造詣と追求力が発揮された重厚な作品群である。

「ふるさとの訛《なまり》」は、父親がむかし、百人一首のとき、必ず空札《からふだ》に啄木の歌を詠んだ、という思い出から、啄木の生涯と歌を追求した力作だ。最後の、著者が二十五年前に姫路に帰郷したときの一節がいい。

「春は来たのに」は、小豆島に「尾崎放哉《ほうさい》記念館」を訪ねた一日を描きつつ、放哉の人間と生涯を追求したもの。種田山頭火と重ねて書いているのが、いっそう感動を呼ぶ。

「『東京家族』を観る」は、小津安二郎監督の名作『東京物語』を、あえてリメークした山田洋次監督『東京家族』を観て、両作品を比較検証したものである。

「こよなく晴れた日」は、前年の天草、島原、雲仙を経て長崎への旅を踏まえて、『長崎の鐘』で知られる永井隆博士と、その子女を描いた、感動的な一編だ。著者の、平和への祈りが底に深く流れている。

「日本に捨てられた男」は、心ならずも日本を捨て、フランスに骨を埋めたレオナルド・フジタこと、藤田嗣治の生涯と画境を精密に追求した力編だ。著者は、フランスの町ランスに「チャペル・フジタ」という名の礼拝堂があることを知って以来、いつか訪ねたいと思いつづけていたが、ついに二〇一三年、この宿願を成就する。晩年のフジタが精魂こめて描きつづけた、キリストの生誕から十字架での死、その復活までが、ぎっしりと、この礼拝堂の壁面を埋めていた。我々は、フジタの乳白色の女性像や猫しか知らない。ところがこれらは「青の映える絵」だと著者は書く。フジタは八十歳になって、異様なスピードでこれらの壁画を描ききったというのだ。

フジタを受け入れなかった日本への抗議と、彼の無念さへの痛切な思いが、この文章にはあふれている。

「おそらく花のおかげ」は、著者の最も愛するクロード・モネを描いた作品である。モネの描いた絵を実際にこの眼で観たいと、著者はヨーロッパの数々の美術館や、パリから八十キロの村にある、「モネの家」を訪問する。モネが人生の後半四十年余りを過ごした家である。これらの体験の上に立って、著者はモネの本質について考察をつづけるのだ。著者の、印象派の画家たちについての造詣は深い。前著からゴッホの本質を教えられた私は、今度はモネについて学ぶことができた。

「死を見つめ続けた画家」は、スイスの画家、フェルディナント・ホドラーについて書いている。一般にはあまり知られていない、だが特色のあるホドラーの画境と生涯を、著者はみずから見た作品の印象をもとに、興味深く描き出している。

この章の掉尾《ちょうび》を飾るのは、「フランダースを訪ねて」と題された、ルーベンスと『フランダースの犬』について語られた作品だ。ベルギーの、十七世紀の宮廷画家ルーベンスと、ルーベンスの絵『降架』が重要な役割を果たす童話『フランダースの犬』。これらについても、著者自身の体験が基礎にあるので、読者は素直に記述についてゆく。『フランダースの犬』が地元ベルギーでは忘れられていて、日本人観光客によって、この作品がよみがえったというのも面白い。

第「Ⅳ」章には、「台所のアラベスク」「色が好き」「アラスカへの旅」のタイトルのもと、十六編が収録されている。

「台所のアラベスク」は、主婦でもある山田さんの、台所という場を視点とした、様々のエピソードを綴った作品集。初めて海外に住んだオランダ・アムステルダム時代の、親切にしてくれた研究所長の思い出から、著者が五十年ぶりにヴァイオリンを再開した次第が、あたたかく、情味あふれて描かれている。(五)の天皇と美智子皇后のご成婚五十五年記念について語られた文章も、著者の高校時代を彷彿とさせてくれる。(六)の、パンづくりをめぐる挿話の数々も面白い。「甘いものに目がない」ご主人をはじめ、その時々の家族の反応が微笑ましい。

「色が好き」は、冒頭（一）の、パブロ・ピカソ『ゲルニカ』を述べた作品が強烈な印象を残す。（二）は、こんな、素晴らしい世界を持つ山田さんにも、ギリシャ神話のアキレスに似た欠点がある、ということを、ユーモラスに描いた文章である。車酔いの苦しみが具体的に描かれる。でも、奈良国立博物館の女性館長の好意に救われたように、著者の文章には、いつも人間に対する信頼が根底にある。第II章「よろこびも半ば」に綴られていた花粉症も、ご自分の弱点をユーモラスに描く視点があった。

「アラスカへの旅」は、写真家・星野道夫さんの凄惨な死と生を背景としながら、アラスカへの実際の旅を、味わい深く描いた連作。本書の最後を飾るにふさわしい、読みごたえのある作品群である。

著者山田英子さんの、ゆたかで深い世界を満喫できる、極上のエッセイ集の刊行を、心から喜んでいる。

（文学博士。元賢明女子学院短期大学教授）

あとがき

「この思い」、誰かに伝えたい。「この気持ち」、残しておきたい。「この言葉」、忘れたくない。「この憤り」、何かにぶつけたい。こんな感情が背中を押して、エッセイを書くようになりました。

最初のエッセイ集『刻を紡ぐ』を出したのは六年前のことです。

この度、第二集『刻のアラベスク』を出版することにいたしました。

『刻《こく》』という字の、音の響きが、とても気にいっています。普通は「とき」と読むことが多いのですが、あえて、「こく」としたいです。

時を刻むのは時計かもしれませんが、人もまた、歩んできた過去を土台に、未来に向かって時を刻んでいるのではないでしょうか。

『文芸日女道』に投稿するようになって、十五年になります。掲載されたものを中心に、一冊にまとめました。

『文芸日女道』は、最近では稀な月刊誌です。この十一月で五七〇号を数えます。この歴史の長い文芸誌の同人であることに、とても誇りを感じています。

丁寧に熟読していただき、長い解説文を書いてくださった森本穫先生に、深く感謝いたします。

前作に続き、出版の労をお願いしました編集工房ノアの、涸沢純平氏には、たくさんのアドバイスもいただきました。厚くお礼申し上げます。

二〇一五年十一月

山田英子

山田英子（やまだ・えいこ）
1941年生まれ。姫路市在住。
京都女子大学短期大学部文科国語専攻卒業。
「文芸日女道」同人（2000/1～）
『刻を紡ぐ』（2009、編集工房ノア）

刻《こく》のアラベスク
二〇一五年十二月一日発行
著　者　山田英子
発行者　涸沢純平
発行所　株式会社編集工房ノア
〒五三一―〇〇七一
大阪市北区中津三―一七―五
電話〇六（六三七三）三六四一
FAX〇六（六三七三）三六四二
振替〇〇九四〇―七―三〇六四五七
組版　株式会社四国写研
印刷製本　亜細亜印刷株式会社

ISBN978-4-89271-242-5

表示は本体価格

刻《こく》を紡ぐ　山田英子

わたしの姫路、家族への想い、オランダ生活、ゴッホへの旅、好奇心旺盛な日々の出会い、豊かに生きる刻の交響楽。かけがえない刻を紡ぐ。二〇〇〇円

マビヨン通りの店　山田稔

ついに時めくことのなかった作家たち、敬愛する師と先輩によせるさまざまな思い――〈死者をこの世に呼びもどす〉ことにはげむ文のわざ。二〇〇〇円

天野さんの傘　山田稔

生島遼一、伊吹武彦、天野忠、富士正晴、松尾尊兊、師と友、忘れ得ぬ人々、想い出の数々、ひとり残された私が、記憶の底を掘返している。二〇〇〇円

天野忠随筆選　山田稔選

〈ノアコレクション・8〉「なんでもないこと」にひそむ人生の滋味を平明な言葉で表現し、読む者に感銘をあたえる、文の芸。六〇編。二二〇〇円

春の帽子　天野忠

車椅子生活がもう四年越しになる。穏やかな眼で、老いの静かな時の流れを見る。想い、ことば、神経が一体となった生前最後の随筆集。二〇〇〇円

火用心　杉本秀太郎

〔ノア叢書15〕近くは佐藤春夫の『退屈読本』遠くは兼好法師の『徒然草』、ここに夜まわり『火用心』、文芸と日常の情理を尽くす随筆集。二〇〇〇円

わが敗走

杉山平一

〔ノア叢書14〕盛時は三千人いた父と共に経営する工場の経営が傾く。給料遅配、手形不渡り、電車賃にも事欠く、経営者の孤独な闘いの姿。一八四五円

巡航船

杉山平一

名篇『ミラボー橋』他自選詩文集。青春の回顧や、家庭内の幸不幸、身辺の実人生が、行とどいた眼光で、確かめられてゐる（三好達治序文）。二五〇〇円

余生返上

大谷晃一

「私の悲嘆と立ち直りを容赦なく描いて見よう」。徹底した取材追求で、独自の評伝文学を築いた著者が、妻の死、自らの90歳に取材する。二〇〇〇円

わが町大阪

大谷晃一

徹底して大阪の町、作家を描いてきた著者の、私が住んだ町を通して描く惜愛の大阪。血の通った大阪地誌。戦前・戦中・戦後の時代の変転。一九〇〇円

かく逢った

永瀬清子

詩人の目と感性に裏打ちされた人物論。宮沢賢治、高村光太郎、萩原朔太郎、草野心平、井伏鱒二、三好達治、深尾須磨子、小熊秀雄他。二〇〇〇円

光っている窓

永瀬清子

〔ノア叢書3〕明治生れの詩人が、父母から受けたもの、子供に伝えるもの、友情の支え、人の生きつなぎ、自然の慈愛を、てらいなく描く。一八〇〇円